KB050971

중국문학의
흐름

중국문학사 핵심 정리

중국문학의 흐름

김장환 지음

學古房

『중국문학의 흐름』을 펴내면서

대학 강단에서 중국문학사와 중국문학개론, 중국문학입문 등을 강의해 오고 있는 지은이는 나름대로 고민이 많다. 거의 3천 년이 넘는 장구한 역사 속에서 발전해온 중국문학을, 한 학기 또는 두 학기라는 한정된 기간 내에 학생들에게 체계적이면서도 효과적으로 이해시키기란 참으로 어려운 일이기 때문이다.

『중국문학의 흐름』을 비롯한 『중국문학의 향기』와 『중국문학의 숨결』은 지은이가 그 동안 강의하면서 겪은 시행착오와 고민 끝에 나온 것으로, 중국문학을 처음 접하는 학생들이나 중국문학에 관심을 갖고 있는 일반인들이 가능한 한 쉽고 정확하게 중국문학을 이해할 수 있도록 배려하고자 했다.

『중국문학의 흐름』(중국문학사 핵심 정리)은 중국문학의 역사적 흐름을 이해하는 데 중점을 두었다. 중국문학의 기원에서부터 청나라 말까지 이어진 중국문학의 통시적 발전과정을 한눈에 파악할 수 있도록 각 시대별 핵심 사항을 총 40장으로 나누어 간명하게 정리했다.

『중국문학의 향기』(중국문학 장르별 이해)는 중국문학의 장르적 특징을 이해하는 데 중점을 두었다. 전체 중국문학을 문체 특징에 따라 운문문학(시·사·산곡), 산문문학(고문·소설), 운·산문 혼합문학(사부·변려문), 운·산문 혼용문학(희곡·강창)으로 대별하여 각 갈래별 특징과 공통점을 인식하도록 했다. 각 갈래별 기술은 먼저 해당 갈래의 개념과 특징 및 출현 배경을 설명한 뒤에 주요 작가와 작품을 시대순으로 정리했으며, 반드시 감상이 필요한 작품은 번역문과 원문을 함께 실었다.

『중국문학의 숨결』(중국문학 정선 작품 감상)은 중국문학의 대표작품을 직접 감상하는 데 중점을 두었다. 『중국문학의 흐름』과 『중국문학의 향기』에 수록된 작품을 대상으로 상세한 주석을 달아 독자가 혼자 힘으로 중국문학을 원문으로 감상할 수 있도록 했다.

『중국문학의 흐름』이나 『중국문학의 향기』를 공부할 때 『중국문학의 숨결』을 곁에 두고 수시로 참고한다면 학습효과가 더욱 높아질 것이라 여겨진다.

이 세 책을 통해 독자들이 중국문학을 보다 깊고 넓게, 그리고 보다 쉽고 정확하게 이해하는 데 조금이나마 도움이 된다면 지은이에게는 크나큰 기쁨이 되겠다.

2018년 3월
파주 책향기숲길 세설헌世說軒에서
김장환 씀

목차

송금대 문학 • 99

원대 문학 • 125

명대 문학 • 137

청대 문학 • 163

선진 문학

BC 1400 ~ BC 207

제1장
중국문학의 기원

1. 원시시가

1) 기원

최초의 시가는 노동하는 과정에서 자연스럽게 발생되었으며 가무와 불가분의 관계에 있다.

2) 특색

고대의 시가는 대부분 자구가 간단하고 내용이 질박하며 집단성이 강하다. 또한 같은 글자나 비슷한 운으로 압운하기도 하며 운이 없는 것도 있다.

3) 작품

현재 남아 있는 기록 중 원시시가에 비교적 가까운 작품은 「탄가彈歌」(『오월춘추吳越春秋』 권5)와 「사사蜡辭」(『예기禮記』 「교특생郊特牲」) 등이 있으며, 그 밖에 복희伏羲의 「망고가網罟歌」, 신농神農의 「풍년가」, 요堯의 「격양가擊壤歌」, 순舜의 「경운가卿雲歌」 등이 있지만 대부분 후인의 위작이므로 믿을 수 없다.

2. 신화전설

1) 기원

고대인들은 처음에는 자연을 경외하다가 차츰 자연법칙을 알아내려고 했으며 최후에는 자연을 정복하고자 했다. 따라서 현실생활 속에서 우주와 운명에 대한 풍부한 환상을 갖게 되었고 동시에 자연과의 투쟁고사를 많이 만들어 냈다.

2) 특색

중국의 신화전설은 발생된 시기는 매우 이르지만 기록된 시기는 매우 늦다. 또한 대부분 단편적인 것들이어서 줄거리가 완전한 고사를 찾아내기가 쉽지 않다. 그러나 강한 현실성과 아름다운 낭만성이 잘 드러나 있다.

3) 대표적인 신화전설

고대의 신화전설은 주로 『산해경山海經』·『초사楚辭』·『회남자淮南子』 등에 실려 전해지는데, 대표적인 것으로는 「여와보천女媧補天」·「예사십일羿射十日」·「곤우치수鯀禹治水」·「과보축일夸父逐日」·「항아분월嫦娥奔月」·「공공노촉부주산共工怒觸不周山」 등을 들 수 있다.

4) 영향

(1) 예술창작 방면 : 후대 문학상의 현실주의와 낭만주의의 창작방법은 모두 신화전설로부터 발전되어 나왔다.

(2) 시가 방면 : 굴원屈原과 송옥宋玉의 초사楚辭, 조식曹植의 「낙신부洛神賦」, 도연명陶淵明·이백李白·이하李賀·이상은李商隱·소식蘇軾 등 대시인들의 작품 소재로 애용되었다.

(3) 소설 방면 : 위진남북조魏晉南北朝의 지괴志怪소설, 당대 전기傳奇소설, 『서유기西遊記』·『봉신연의封神演義』와 같은 명청대 신마소설 등에 영향을 미쳤으며, 이러한 전통은 노신魯迅의 『고사신편故事新編』에까지 이어졌다.

(4) 희곡 방면 : 한대의 '각저희角觝戲', 진대晉代의 '치우희蚩尤戲' 등

원시희곡의 소재가 되었다.

3. 갑골문

1) 발견

1899년 은허殷墟(하남성河南省 안양현安陽縣 소둔촌小屯村)에서 처음 발견되었다.

2) 형식

모두 갑골甲骨 위에 새긴 것으로 자형字形은 상형문자이며 같은 글자에도 서로 다른 자형이 많다.

3) 내용

은殷나라 제왕의 이름이 많지만, 일부는 복목卜牧·장우將牛처럼 목축생활을 반영한 것도 있으며, 일부는 준浚·설契처럼 인격화된 신에 관한 매우 간단한 신화도 기록되어 있다.

4) 특색

이미 상당한 문장기술을 갖추었으며 문장에 운과 리듬이 들어 있다.

5) 가치

현존하는 문헌 중 가장 원시문학으로서 믿을 수 있는 은대의 문학유산이다.

제2장 『시경』

1. 발생

1) 내원

채시관採詩官이 민간가요를 수집하여 태사太師에게 바치면, 태사가 그것을 음악화하여 군주에게 들려주었고, 군주는 이것으로 정치의 득실을 살폈는데, 이러한 가요가 바로 『시경』의 내원이 되었다.

2) 시대

대략 주周나라 초기(BC 1122)에서 춘추시대 중기(BC 570)까지 500여 년 동안 수집·정리·창작되었다.

3) 지역

대부분 황하유역을 중심으로 발전했으므로 북방문학이라 할 수 있다.

4) 작자

「국풍國風」의 작자는 대부분 일반평민이고, 「아雅」와 「송頌」의 작자는 대개 귀족문인들이다.

2. 산시설刪詩說

1) 근거

옛날부터 있었던 3천여 편의 시를 공자孔子가 중복된 것을 버리고 예의에 적합한 것을 골라 3백여 편으로 만들었다고 한다. (『사기史記』「공자세가孔子世家」)

2) 부정의 이유

(1) 다른 제자서諸子書에서는 시를 말할 때 모두 "시 3백"이라고 했다.

(2) 예의를 기준으로 산정했다면 왜 「정풍鄭風」·「위풍衛風」에는 음란한 시가 남아 있는가?

(3) 망실된 일시逸詩라고 전해지는 시 가운데 『논어論語』에 실려 있는 「당체지화唐棣之華」와 『좌전左傳』에 실려 있는 「수유사마雖有絲麻」 등은 예의에 벗어나지 않는다.

(4) 『좌전』「양공襄公 29년」에 오吳나라의 공자 계찰季札이 노魯나라에 와서 『시경』의 「풍」·「아」·「송」을 다 감상했다는 기록이 있는데, 이때 공자의 나이는 겨우 8살에 불과했다.

3. 6의설六義說

1) 6의

풍·아·송·부賦·비比·흥興을 말한다. (『주례周禮』「춘관春官·태사太師」와 「모시서毛詩序」)

2) 풍·아·송

『시경』의 본질과 내용이다.

3) 부·비·흥

각각 직서·비유·기흥起興으로 『시경』의 표현수법과 형식이다.

4. 4가시四家詩

1) 노시魯詩

노나라 신배申培가 전한 것으로 망실되었다.

2) 제시齊詩

제나라 원고轅固가 전한 것으로 망실되었다.

3) 한시韓詩

한나라 한영韓嬰이 전한 것으로 망실되었다. 이상을 '금문시경今文詩經'이라고 한다.

4) 모시毛詩

전한前漢의 모형毛亨·모장毛萇이 전한 것으로 오늘날 전해지는 『시경』은 바로 이 모시다. 이것을 '고문시경古文詩經'이라고 한다.

5. 체재 및 분류

1) 편수

총 311편인데 그 중 가사는 없고 제목만 있는 「남해南陔」·「백화白華」·「화서華黍」·「유경由庚」·「숭구崇丘」·「유의由儀」 등 6편의 '생시笙詩'를 제외하면 총 305편이다.

2) 「풍」

총 160편. 주남周南·소남召南·패邶·용鄘·위衛·왕王·정鄭·제齊·위魏·당唐·진秦·진陳·회檜·조曹·빈豳 등 15국의 민간가요를 수록한 것으로, 악기 반주가 필요 없는 청창淸唱이다.

3) 「아」

총 105편. 「대아大雅」와 「소아小雅」로 나뉘는데, 「대아」는 조정의 조회 때 사용되었고 「소아」는 일반 연회 때 사용되었다. 악기로 반주하는 가창歌唱이다.

4) 「송」

총 40편. 「상송商頌」·「주송周頌」·「노송魯頌」으로 나뉘며 종묘의 제례악祭禮樂으로 사용되었다. 음악과 동작이 곁들여진 가무歌舞다.

6. 내용

1) 서정시

(1) 연가 : 열렬한 사랑을 묘사한 「정녀靜女」(「패풍邶風」), 밀회를 묘사한 「장중자將仲子」(「정풍鄭風」) 등.

(2) 애가 : 부모를 애도하는 「요아蓼莪」(「소아」) 등.

(3) 원가 : 몹쓸 남편을 원망하는 「종풍終風」(「패풍」) 등.

2) 서사시

(1) 역사서사시 : 후직后稷의 탄생을 묘사한 「생민生民」(「대아」), 태왕太王의 개국 상황을 묘사한 「공류公劉」(「대아」) 등.

(2) 전쟁서사시 : 무왕武王의 벌주伐紂를 묘사한 「대명大明」(「대아」), 선왕宣王의 대외전쟁을 묘사한 「유월六月」(「소아」) 등.

3) 사회시

(1) 사회불안 : 망국의 슬픔을 묘사한 「서리黍離」(「왕풍王風」), 백성의 고통을 묘사한 「벌단伐檀」(「위풍魏風」) 등.

(2) 정치풍자 : 누이동생과 간통한 제나라 양공襄公을 풍자한 「남산

南山」(「제풍齊風」), 귀족들의 가렴주구를 풍자한 「석서碩鼠」(「위풍」) 등.

(3) 노동생활 : 농사짓는 것을 묘사한 「칠월七月」(「빈풍豳風」), 과일 따는 일을 묘사한 「부이芣苢」(「주남周南」) 등.

4) 예속시

(1) 결혼축하 : 「관저關雎」·「도요桃夭」(「주남」), 「사간斯干」(「소아」) 등.

(2) 자손 많음을 축하 : 「종사螽斯」·「인지지麟之趾」(「주남」) 등.

(3) 연회 : 「녹명鹿鳴」·「백구白駒」(「소아」) 등.

(4) 제신祭神 : 「풍년豊年」·「사문思文」(「주송周頌」) 등.

7. 특색

1) 내용적 특색 : 북방의 민가로, 인사와 실제에 치중하고, 현실성이 강하다.

2) 형식적 특색 : 묘사가 소박하고, 4자 위주의 단구로, 쌍성雙聲·첩자疊字·첩구疊句·첩운疊韻이 많고, 중복과 반복이 많고, 노래와 관계가 있으며, 가사 위주다.

8. 가치 및 영향

1) 고대의 관점

(1) 『좌전』에 기록된 외교언어를 보면 대부분 『시경』에서 나온 것인데, 이는 『시경』이 고대 외교상의 숙어였음을 알 수 있다.

(2) 『예기禮記』「경해經解」에서 "온유하고 돈후함은 시의 가르침이다

(溫柔敦厚, 詩敎也)"라고 했듯이 고대인들은 시를 성정을 도야하는 도구로 삼았다.

2) 현대의 관점

(1) 역사의 입장에서 보면 『시경』으로부터 고대사회의 각종 상황을 살펴볼 수 있다.

(2) 문학의 입장에서 보면 『시경』은 중국 최초의 시가총집으로 후대 각종 운문의 시조다. 그 중에서도 5·7언시와 악부樂府 등 주로 민간가요에 영향을 미쳤다.

9. 주요 주해서

1) 한대 : 정현鄭玄의 『모시정전毛詩鄭箋』.

2) 당대 : 공영달孔穎達의 『모시정의毛詩正義』.

3) 송대 : 주희朱熹의 『시집전詩集傳』.

4) 청대 : 요제항姚際恒의 『시경통론詩經通論』, 위원魏源의 『시고미詩古微』, 진환陳奐의 『시모씨전소詩毛氏傳疏』.

제3장 초사

1. 발생

1) 명칭

후한後漢의 왕일王逸이 『초사장구楚辭章句』에 초楚나라 사람 굴원屈原과 송옥宋玉 2사람의 작품을 집록하면서 그들과 같은 시대의 당륵唐勒·경차景差 및 한대의 장기莊忌·동방삭東方朔·왕포王褒 등의 작품을 한데 모았는데, 주요한 작가들이 모두 초인이었으며 또한 그들의 작품이 대부분 초어楚語와 초성楚聲을 사용했고 초지楚地와 초물楚物을 기록했으므로 '초사'라고 불렀다.

2) 시대

초사에 수록된 작품은 대부분 전국시대 말기(BC 4세기)에서 전한 초기(BC 2세기)까지 약 200여 년 사이에 창작되었다.

3) 지역

초사의 작자들은 대부분 양자강 유역에서 살았으므로 남방문학이라 할 수 있다.

2. 주요작가

1) 굴원

이름은 평平 또는 정칙正則, 자는 원原 또는 영균靈均. 초왕과 동성이며 회왕懷王 초기에는 큰 신임을 받아 삼려대부三閭大夫의 지위까지 올랐으나, 나중에는 상관대부上官大夫들의 참소를 받아 유배당했다. 경양왕頃襄王 때에 이르러 다시 추방당하자 돌을 안고 멱라강汨羅江에 투신자살했다. 작품으로는 「이소離騷」·「구가九歌」·「천문天問」 등이 있다. 그의 작품에는 우국애민憂國愛民의 열정, 회재불우懷才不遇의 비분, 강렬한 정치성향, 불굴의 분투정신 등이 잘 나타나 있다.

2) 송옥

일찍이 초 양왕襄王을 섬겼으며, 「구변九辯」·「초혼招魂」 등을 지었다. 그의 작품은 묘사가 치밀하고 의미가 심장하며 굴원의 작품을 계승 발전시킴으로써 보통 '굴·송'으로 병칭된다.

3.「이소」

1) 지위

초사의 대표작이자 굴원의 대표작으로서, 전편 375구 2,461자에 달하는 중국 고대문학 작품 중에서 가장 장편의 시이며 가장 뛰어난 개인문학이다.

2) 명칭

(1) '이'는 떠난다(別)는 뜻이고 '소'는 근심(愁)이란 뜻이다. (왕일王逸)

(2) '이'는 만난다(遭)는 뜻이고 '소'는 근심(憂)이란 뜻이다. (반고班固)

(3) '이소'가 발음상 '뇌소牢騷'와 비슷하므로 굴원 자신의 불평을 나타낸 것이다. (양웅揚雄)

3) 특색

(1) 내용상 특색 : 남방의 개인적 문학으로, 열정적이고 분방하며, 풍부한 상상력으로 낭만주의 정신을 발휘했다. 무술巫術 등 종교적인 색채가 농후하고, 역사고사·신화·전설 등을 대량으로 수용하여 제재의 폭을 넓혔으며, 초국의 자연환경과 지리적 색채를 잘 묘사했다.

(2) 형식상 특색 : 3자 위주의 장구로, 중복이 없다. 송독체誦讀體로 '혜兮'자 등 조자助字의 운용이 뛰어나고, 조직적이고 세련된 수식으로 문채가 화려하며, 비유와 상징수법이 뛰어나다. 초성과 남음南音을 사용한 남방음악의 결정체로, 생동감 넘치는 초국의 방언과 구어를 구사했다.

4. 계승과 영향

1) 계승

초사가 굴원·송옥을 거쳐 당륵·경차에 이르면서 정식으로 문학상 하나의 문체로 정립된 된 후에, 가의賈誼(「석서惜誓」 지음), 동방삭(「칠간七諫」 지음), 장기(「애시명哀時命」 지음), 왕포(「구회九懷」 지음), 유향劉向(「구탄九歎」 지음), 왕일(「구사九思」 지음) 등과 같은 한대의 많은 작가들이 모두 초사의 창작에 힘을 기울여 발전시켰다.

2) 영향

(1) 한대 부賦의 발전을 촉진시켰다.

(2) 후대 변문騈文의 발전을 촉진시켰다.

(3) 7언시의 생성에 영향을 미쳤다.

(4) 향토문학을 선도했다.

(5) 낭만주의문학의 씨를 뿌렸다.

(6) 사詞·곡曲에 많은 소재를 제공했다.

5. 주요 주해서

1) 한대 : 왕일王逸의 『초사장구楚辭章句』.

2) 송대 : 홍흥조洪興祖의 『초사보주楚辭補注』, 주희朱熹의 『초사집주楚辭集注』.

3) 명대 : 왕원王瑗의 『초사집해楚辭集解』.

5) 청대 : 왕부지王夫之의 『초사통석楚辭通釋』, 장기蔣驥의 『산대각주초사山帶閣注楚辭』, 대진戴震의 『굴원부주屈原賦注』.

제4장 선진 산문

1. 흥성배경

춘추전국시대에는 사회·경제의 변화, 사학私學의 흥기, 문화의 점진적인 발달 등으로 인하여, 열국의 제후들이 각기 사관史官을 설치하여 자기네 나라의 역사를 편찬했고, 아울러 사회적으로도 수많은 철학가·문학가·정치가 및 서로 다른 학파의 지식인들이 나오게 되었는데, 그들은 저마다의 견해를 내세우면서 다양한 산문으로 자신들의 주장을 선전했다. 이것이 바로 백가쟁명百家爭鳴의 상황을 만들었으며 그에 따라 산문 또한 유례없는 발전을 했다.

2. 역사산문

1) 『서경書經』

(1) 판본 : 『금문상서今文尚書』, 『고문상서古文尚書』, 『위僞고문상서』. 오늘날 전해지는 것은 『위고문상서』다.

(2) 체재 : 「우서虞書」 5편, 「하서夏書」 4편, 「상서商書」 17편, 「주서周書」 32편의 총 58편으로 구성되어 있다.

(3) 내용 : 요堯로부터 하·은·주 3대에 이르는 제왕들의 정령훈고政令訓誥를 기록했다.

(4) 특색 : 각편은 서로 연관이 없는 독립된 글이고, 대부분 사실史實을 빙자한 허구적인 글이며, 함축성·암시성·수사성을 갖추고

있다.

(5) 영향 : 후대 변려문에 영향을 미쳤고, 역대 고문의 본보기가 되었으며, 직접화법과 문답체의 문장은 후대의 사서와 산문 전체에 영향을 미쳤다.

2) 『춘추春秋』

(1) 작자 : 공자가 노魯나라 역사에 근거하여 편찬했다고 한다.

(2) 내용 : 노 은공隱公 원년(BC 722)에서 애공哀公 14년(BC 481)까지의 국가대사를 편년체로 엮었다.

(3) 특색 : 문장은 비록 극히 짧지만 자구의 운용이나 구성은 『서경』보다 훨씬 발전하여 간결하고 평이하다.

(4) 가치 : 유가의 6경 가운데 하나로서, 그 안에 담겨 있는 포폄褒貶의 '필법筆法'과 미언대의微言大義의 '의법義法'은 후대 고문가의 창작지표가 되었다.

3) 『좌전左傳』

(1) 별칭 : 『춘추좌씨전春秋左氏傳』·『춘추내전春秋內傳』.

(2) 작자 : 춘추시대 좌구명左丘明의 작이라고 한다.

(3) 내용 : 노 은공 원년(BC 722)에서 애공 27년(BC 468)까지 200여 년간의 각국 역사를 기록했다.

(4) 특색 : 묘사가 상세하고 필치가 간결하며, 기언記言과 기사記事가 모두 문학적인 예술성과 감동력을 갖추었다.

(5) 가치 : 유가의 13경 가운데 하나로서 『춘추』의 미언대의를 발양하고 중요한 사실을 많이 보충한 중국 고대의 귀중한 사료다.

4) 『국어國語』

(1) 작자 : 좌구명이 지었다고 한다.

(2) 내용 : 춘추시대 주周·노魯·제齊·진晉·정鄭·초楚·오吳·월越 등 8개국의 중요한 역사사실을 나누어 기술했다.

(3) 특색 : 사건에 대한 기술이 간결하면서도 부분적으로는 상세하며 조리가 분명하지만, 문학상의 성취는 『좌전』에 미치지 못한다.

(4) 가치 : 노나라의 사적을 위주로 기록한 『좌전』의 부족함을 보충하여 노나라 이외의 기타 여러 나라의 대사를 기술함으로써, 당시의 정치·군사·풍속 및 각종 사건의 전모를 파악할 수 있다.

5) 『전국책戰國策』

(1) 별칭 : 『국책國策』·『국사國事』·『단장서短長書』·『사어事語』·『장서長書』 등.

(2) 작자 : 원작자는 미상이며, 한대 유향劉向이 편집했다고 한다.

(3) 내용 : 주周 정왕貞王 17년(BC 452)에서 진시황秦始皇 27년(BC 220)까지 동주·진秦·초楚·제齊·조趙·위魏·한韓·연燕·송宋·위衛·중산中山 각국 책사들의 기지와 책략 및 역사사실을 기록했다.

(4) 특색 : 문장이 간결하고 세련되어 있으며, 구성이 치밀하고 조리가 분명하다. 또한 아름다운 전설과 적절한 비유를 통해 설득력이 매우 강하다.

(5) 가치 : 선진 역사산문의 최고수준에 도달한 작품으로서, 전국시대 각국의 정치·사회·군사·외교 등을 고도의 문학수법으로 기술하여, 위로는 『좌전』을 이어받고 아래로는 『사기』에 영향을 미쳤다.

3. 제자산문

1) 『논어論語』

총 20편으로 유가儒家에 속한다.

(1) 작자 : 공구孔丘(자는 중니仲尼, 춘추시대 노魯나라 사람)의 제자들.

(2) 특색 : 어록체로서 언어가 간결하고 함축적이며 대화의 운용이 뛰어나다.

2)『맹자孟子』

총 14편으로 유가에 속한다.

(1) 작자 : 맹가孟軻(자는 자여子輿, 전국시대 노나라 사람)와 그 제자들.

(2) 특색 : 격정적·웅변적·선동적이며 재기가 넘치고 의론이 도도하다.

3)『순자荀子』

총 32편으로 유가에 속한다.

(1) 작자 : 순황荀況(존칭은 순경荀卿, 전국시대 말 조趙나라 사람).

(2) 특색 : 문장이 냉철하고, 기세가 웅혼하고, 구성이 엄밀하고, 논리가 정연하고, 비유가 뛰어나다. 후대 논설문에 큰 영향을 미쳤다. 특히 민가의 형식을 빌려서 쓴 「성상편成相篇」과 「부편賦篇」(예부禮賦·지부智賦·운부雲賦·잠부蠶賦·잠부箴賦 5수와 궤시佹詩 2수)은 새로운 문체의 시도로 문학사상 중시할 가치가 있다.

4)『노자老子』

총 2편 81장으로 『도덕경道德經』이라고도 하며 도가道家에 속한다.

(1) 작자 : 이이李耳(이름은 담聃, 자는 백양伯陽, 춘추시대 초楚나라 사람).

(2) 특색 : 언어가 간결하고 뜻이 심오하며 일부 문장에는 운이 들어 있다.

5)『장자莊子』

총 33편으로 『남화경南華經』이라고도 하며 도가에 속한다.

(1) 작자 : 장주莊周(자는 자휴子休, 전국시대 송宋나라 사람)와 그 제자들.

(2) 특색 : 기세가 호방하고 상상력이 풍부하며 특히 우언寓言의 운용이 탁월하다.

6) 『묵자墨子』

총 53편으로 묵가墨家에 속한다.

(1) 작자 : 묵적墨翟(전국시대 노나라 또는 송나라 사람)의 제자들.

(2) 특색 : 문장이 질박하고 평이하나, 논리성이 강하고 논증이 엄밀하여, 후대 논변문의 선구가 된다.

7) 『한비자韓非子』

총 55편으로 법가法家에 속한다.

(1) 작자 : 한비韓非(전국시대 한나라 사람).

(2) 특색 : 필봉이 예리하고 논변이 투철하며, 조리가 분명하고 수사를 겸비했다.

8) 기타

공손앙公孫鞅의 『상군서商君書』, 관중管仲의 『관자管子』, 안영晏嬰의 『안자춘추晏子春秋』, 신불해申不害의 『신자申子』, 손무孫武의 『손자孫子』, 여불위呂不韋의 『여씨춘추呂氏春秋』, 열어구列禦寇의 『열자列子』 등도 모두 각기 그 특색을 지니고 있다.

4. 후대에 미친 영향

1) 중국 산문 발전의 기초를 다졌다.

2) 한대 산문과 당대 고문운동의 발전에 영향을 미쳤다.

3) 후대 산문의 표현기교와 단련을 제고시켰다.

4) 인용된 우언고사가 후대 각종 문학에 많은 소재를 제공했다.

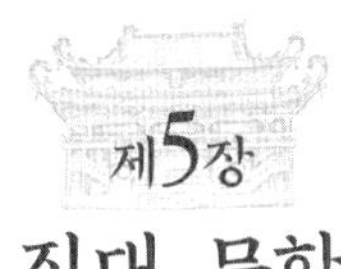

진대 문학

1. 침체 원인

1) 문학유산의 일천함

BC 10세기 말 북방의 신흥국가였던 진秦나라는 군사적·정치적으로 급속히 발전하여 마침내 중원의 제후들과 각축을 벌였지만, 문학상으로는 축적된 유산이 많지 않았다.

2) 왕조의 단명

진시황秦始皇이 천하를 통일하여 대제국을 건설했지만 30년 만에 몰락하고 말았으므로 문학상 발전할 시간적 여유가 없었다.

3) 문학의 경시

진시황은 부국강병책으로 통치권을 강화하는 과정에서 법가의 정책을 받아들여 형법을 중시하고 학술을 통제하여 마침내 '분서갱유焚書坑儒'를 단행함으로써 문학의 발전을 크게 저해했다.

2. 이사李斯의 산문

1) 이사

초楚나라 상채上蔡 사람으로, 처음에는 초나라에서 벼슬했으나 나중에 진나라의 객경客卿이 되었으며, 진시황의 신임을 받아 재상에 올라 진 왕조의 통일에 큰 공을 세웠다. 진시황이 죽은 후 조고趙高에게 살해당했다.

2) 작품

「간축객서諫逐客書」와 태산泰山·낭야대瑯琊臺·회계會稽 등지에 석각명문石刻銘文이 남아 있다.

3) 특징

포진鋪陳의 수법을 잘 운용하고 대구와 대우의 수사기교를 채용했으며, 필법이 변화무쌍하고 구성이 치밀하다.

4) 의의

소체騷體와 부체賦體를 이어주는 과도기 역할을 수행했다.

5) 영향

한대의 부와 산문에 영향을 미쳤다.

한대 문학

BC 206 ~ AD 220

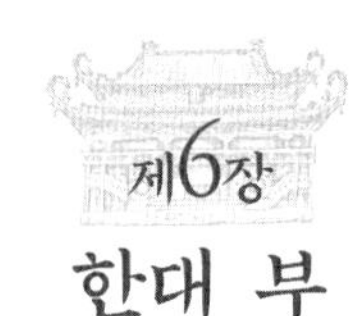

한대 부

1. 흥성원인

1) 문체 자체의 연변

문학진화론적 관점에서 볼 때 『시경』으로부터 초사가 나오고 초사로부터 부가 나왔다.

2) 사회발전에 따른 요구

정치적·경제적으로 안정됨에 따라 문학적으로도 일종의 과장되고 미려한 내용을 추구하게 되었다.

3) 왕실귀족의 제창

무제武帝·선제宣帝와 같은 제왕들이 문학을 애호하고 문인들을 우대하자 부가 발전하게 되었다.

4) 학술통제의 영향

무제가 유학을 국시로 하자 모든 학자들이 유가 경전의 연구에 매달려 서정문학이 침체되었는데, 그에 대한 반동으로 부가 발전했다.

5) 헌부獻賦·고부考賦 제도의 영향으로 부 창작이 발전했다.

2. 형식

1) 반문半文 : 구법이 들쑥날쑥하고 장단이 일정하지 않아 산문의 특색

이 있다.

2) 반시半詩 : 성률을 강구하고 압운을 하여 시가의 특색을 지니고 있다.

3. 특징

1) 현란한 수식과 조탁

수많은 아름다운 형용사와 명사·동사 등을 교묘하게 배열하여 수사미를 증가시켰다.

2) 제재의 나열

하나의 제목 아래 내용과 별로 관계없는 제재까지 모두 끌어들여 나열함으로써 편폭은 길어졌으나 내용은 공허한 경우가 많다.

3) 현학적인 표현

작자가 자신의 학문을 과시하기 위하여 일부러 어려운 전고와 기이한 문자를 사용함으로써 이해하기 힘든 경우가 많다.

4. 연변과정

1) 형성기

초사의 형식을 답습하여 한대 부의 체재와 수법이 형성된 시기다. 주요 작가와 작품에는 가의賈誼의 「조굴원부弔屈原賦」·「복조부鵩鳥賦」, 매승枚乘의 「칠발七發」 등이 있다.

2) 전성기

한대 부가 정형을 갖추고 최고의 경지에 도달한 시기다. 주요 작가와 작품에는 사마상여司馬相如의 「자허부子虛賦」·「상림부上林賦」·

「대인부大人賦」·「미인부美人賦」·「장문부長門賦」 등이 있다.

3) 모방기

전인의 작품의 제목·체재·묘사수법 등을 모방하고 계승한 시기다. 주요 작가와 작품에는 양웅揚雄의 「촉도부蜀都賦」, 반고班固의 「양도부兩都賦」 등이 있다.

4) 전변기

이전의 산체장부散體長賦에서 서정성을 위주로 한 단부短賦(소부)로 전변한 시기다. 이러한 개성적이면서도 청신한 단부는 부의 새로운 경지를 열었다고 할 수 있다. 주요 작가와 작품에는 장형張衡의 「귀전부歸田賦」 등이 있다.

5. 계승과 발전

1) 고부古賦

초사를 비롯하여 한대 부와 그 후 진대晉代까지 통행하던 부를 말하는데, 구법은 단행이며 대우는 짓지 않았지만 이미 정연한 배열적인 표현을 갖추었다.

2) 배부排賦

남조南朝부터 당대唐代까지 통행되었던 변부騈賦를 말하는데, 전편에 대구를 사용하고 반드시 압운을 하며 변문과 유사하다.

3) 율부律賦

당대부터 청대의 고시부考試賦에 이르기까지 사용된 것인데, 대구를 짓는 것은 변부와 같지만 용운用韻은 한정되었다.

4) 문부文賦

송대의 문인들로부터 시작되었으며 후세의 응수문應酬文 가운데 이 문체를 많이 응용했다. 전편 가운데 몇 군데만 압운하는 것이 특징이다.

6. 의의와 영향

1) 의의

(1) 통일제국 한나라의 막강한 국세를 상징하는 시대적 특색을 지니고 있다.

(2) 완곡한 풍간諷諫의 의미를 함축함으로써 문학의 공효성功效性을 지니고 있다.

2) 영향

(1) 현란한 수사, 단어의 나열, 벽자僻字의 운용 등으로 말미암아 후대 중국문학의 어휘를 풍부하게 하고 어구의 단련과 묘사기교를 증진시켰다.

(2) 부의 흥성으로 말미암아 후한 때 '문장'의 개념이 출현하여 초보적으로나마 문학과 학술의 분리를 모색함으로써 문학관념의 형성을 촉진시켰다.

제7장 한대 산문

1. 흥성원인

1) 한대 사회의 안정과 경제의 발전이 흥성배경이 되었다.
2) 제왕과 귀족들이 문치文治를 숭상하고 문학을 애호했다.
3) 선진산문의 영향을 받았다.

2. 분류

1) 정론政論산문

시정時政을 비판하고 국익과 민생에 관련된 문제들을 토론하는 것을 위주로 한다. 주요 작가에는 육가陸賈·가의賈誼·조착鼂錯·유향劉向 등이 있다.

2) 역사산문

사실史實을 기록하고 인물의 성격과 행동을 묘사하는 것을 위주로 한다. 주요 작가에는 사마천司馬遷·반고班固·채옹蔡邕 등이 있다.

3) 철리산문

학술을 연구하고 인생철학 및 사회상의 각종 근본 문제를 탐구하는 것을 위주로 한다. 주요 작가에는 동중서董仲舒, 회남왕淮南王 유안劉安, 양웅揚雄, 왕충王充 등이 있다.

3. 주요 작가와 작품

1) 육가

그가 지은 『신어新語』(일명 『신서新書』)는 정치논문의 결집으로 현재 12편이 남아 있다.

2) 가의

후인이 편찬한 『가자신서賈子新書』가 있으며, 「과진론過秦論」과 「진정사소陳政事疏」가 유명하다. 「진정사소」의 주장은 한대 정치에 적잖은 영향을 미쳤다.

3) 조착

일찍이 법가의 형명술刑名術을 배웠으므로 사람됨과 문장이 모두 꼿꼿하다. 문장의 풍격은 가의와 비슷하다. 「논모병사새하서論募兵徙塞下書」와 「중농귀속소重農貴粟疏」가 유명하다.

4) 유향

곡량학穀梁學 연구에 뛰어났으며 여러 번 상소를 올려 당시의 병폐를 비판했다. 그의 산문은 온화하고 듬직한 맛이 있다. 『신서新序』·『설원說苑』이 유명하며, 그밖에 『열녀전列女傳』 등을 지었다.

5) 사마천

일찍이 천하의 명산대천을 주유했으며, 부친 사마담司馬談을 이어 태사령太史令이 되었다. 흉노에게 사로잡힌 장군 이릉李陵을 변호하다가 무제의 분노를 사서 궁형을 당하자, 발분하여 불후의 저작 『사기史記』를 지었다.

(1) 내용 : 황제黃帝 때부터 전한 무제 천한天漢 연간(BC 100~BC 97) 말까지 약 2,600년 동안의 중국 역사를 기록했다.

(2) 체재 : 「본기本紀」 12편, 「세가世家」 30편, 「서書」 8편, 「표表」 10편, 「열전列傳」 70편으로 구성되어 있다.

(3) 형식 : 기전체紀傳體.

(4) 특징 : 내용상 사상성이 풍부하고, 고도의 언어예술을 발휘했으며, 인물묘사가 뛰어나다.

(5) 영향 : 후세 정사正史의 전범이 되고 후세 전기문학의 선구가 되었으며, 역대 산문의 발전에 지대한 공헌을 하고 소설을 비롯한 시·사·곡 등 모든 문학에 많은 소재를 제공했다.

6) 반고

『사기』와 쌍벽을 이루는 『한서漢書』를 지었다.

(1) 내용 : 한 고조 원년(BC 206)부터 왕망王莽의 지황地皇 4년(23)까지의 역사를 기록한 중국 최초의 단대사斷代史다.

(2) 체재 : 「제기帝紀」 12편, 「표表」 8편, 「지志」 10편, 「열전」 70편으로 구성되어 있다.

(3) 『사기』와의 비교 : 『사기』의 「세가」를 없애고 「서」를 「지」로 바꾸었는데, 특히 유흠劉歆의 『칠략七略』을 근거로 한 「예문지藝文志」는 매우 중요한 고대 문헌자료다. 또한 『사기』는 문장이 질박하고 기세가 강한 반면에, 『한서』는 전아하고 대구가 많은 정련된 문장이다.

7) 채옹

문장·수술數術·천문·음률에 정통했으며, 특히 비문碑文에 뛰어나 당시에 명성이 높았다. 「곽유도비문郭有道碑文」이 유명하다.

8) 동중서

저명한 유학자로서 『춘추』 연구에 뛰어나 일찍이 『춘추번로春秋繁

露』를 지었다. 「대현량삼책對賢良三策」이 유명하다.

9) 유안

황실의 종친으로서 회남왕에 봉해졌다. 여러 문객들을 초빙하여 짓게 한 『회남자淮南子』(일명 『회남홍렬淮南鴻烈』)는 각종 학설을 종합한 잡가雜家적 성격의 저작이다.

10) 양웅

모방에 능하여 『역경』을 모방한 『태현경太玄經』, 『논어』를 모방한 『법언法言』, 「이소」를 모방한 『반이소反離騷』 등을 지었다. 진대秦代 이사李斯의 「간축객서諫逐客書」를 모방한 「간불수선우조서諫不受單于朝書」가 유명하다.

11) 왕충

『논형論衡』 84편을 지었는데, 논리가 정연하고 표현이 생동감 있다. 또한 여기에는 다음과 같은 주목할 만한 문학이론이 들어 있다.

(1) 저술에 종사하는 문유文儒를 존숭한다.
(2) 지나친 수식(文)을 반대하고 내용(實)을 중시한다.
(3) 과장된 표현을 지양하고 간결한 문장을 추구한다.
(4) 귀고천금貴古賤今의 풍조에 반대한다.

12) 기타

환관桓寬의 『염철론鹽鐵論』, 환담桓譚의 『신론新論』, 최원崔瑗의 「좌우명座右銘」, 유흠劉歆의 「양태상박사서讓太常博士書」, 반소班昭의 「대초청귀소代超請歸疏」, 사마상여司馬相如의 「간렵서諫獵書」, 이릉의 「답소무서答蘇武書」 등이 있다.

4. 영향

한대의 산문이 중국 정통문단에 미친 영향은 지대하여 역대로 고문가들이 모두 한대 산문을 최고의 표준으로 삼았다. 특히 명대의 전후칠자前後七子는 "문장은 반드시 진·한이라야 한다(文必秦漢)"고 하여 극히 추앙했다.

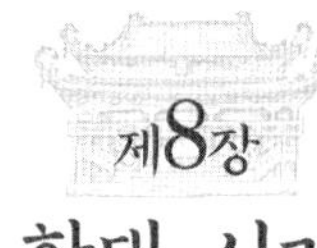

제8장 한대 시가

1. 악부시樂府詩

1) 기원

한 무제 때 음악을 관장하는 관청인 '악부'를 설립하여 담당자에게 민간가요를 채집·정리하고 음악에 맞춰 넣게 했는데, 나중에는 채집한 민가를 모방하여 악부에서 작사·작곡하기도 했다.

2) 분류

송대 곽무천郭茂倩이 편찬한 『악부시집樂府詩集』은 송대 이전의 악부 가사를 가장 잘 완비해 놓은 책인데, 그 중에서 교묘가사郊廟歌辭(제례악)·고취곡사鼓吹曲辭(군악)·상화가사相和歌辭(민악)·잡곡가사雜曲歌辭(민악) 등에 한대 악부가 실려 있다.

3) 특징

(1) 형식이 참신하고 다양하다.

(2) 서사수법이 정채롭다.

(3) 풍격이 질박하고 자연스럽다.

4) 주요 작품

「전성남戰城南」·「십오종군정十五從軍征」·「부병행婦病行」·「고아행孤兒行」·「동문행東門行」·「상사上邪」·「상산채미무上山采蘼蕪」·「맥상상陌上桑」·「공작동남비孔雀東南飛」 등이 있다.

* 「공작동남비」: 초중경처焦仲卿妻의 작이라고도 한다. 총 353구 1765자로 된 중국 고대의 가장 뛰어난 장편 서사시로서, 한대 말기에 지어진 것으로 보인다. 내용은 봉건적인 가족제도와 전통적인 윤리도덕 때문에 희생된 초중경焦仲卿과 유란지劉蘭芝라는 젊은 부부의 슬픈 사랑 이야기다.

5) 영향

『시경』의 영향을 받아 생겨난 악부시는 가깝게는 오언시의 발생과 발전에 직접적인 영향을 주었고, 멀리는 당대 백거이白居易의 '신악부운동'에 영향을 미쳤다.

2. 오언고시

1) 기원

이릉李陵과 소무蘇武의 화답시(『문선文選』 권29에 수록)에서 기원했다는 설, 「고시십구수古詩十九首」 가운데 매승枚乘이 지었다고 하는 9수의 시(『옥대신영玉臺新詠』 권1에 수록)에서 기원했다는 설, 전한 때 민간에서 자연적으로 발생하여 후한 때 발전했다는 설 등이 있다.

* 「고시십구수」: 19수의 작자는 미상이며 내용으로 보아 한대 말기의 중하층 문인들이 지은 것으로 보인다. 내용은 어지러운 동한말의 사회를 배경으로 한 남녀의 사랑을 노래한 것이 대부분인데, 세련된 오언과 진솔한 서정성이 탁월하여 한대 오언고시의 대표작으로 꼽힌다.

2) 특징

(1) 묘사가 자연스럽고 간결하고 생동감 넘친다.

(2) 표현이 평담하고 솔직하다.

3) 작품

반고班固의 「영사시詠史詩」, 장형張衡의 「동성가同聲歌」, 채옹蔡邕의 「취조翠鳥」, 무명씨의 「고시십구수古詩十九首」 등이 있다.

4) 영향

악부시에서 발달한 오언고시는 가벼운 리듬과 청신한 문장으로 새로운 서정의 세계를 개척하여 후대 중국 서정시의 발전에 지대한 영향을 미쳤다.

3. 칠언고시

1) 기원

한 무제가 신하들과 함께 지은 「백량대시柏梁臺詩」에서 기원했다는 설, 장형의 「사수시四愁詩」에서 기원했다는 설 등이 있다.

2) 특징

오언고시에 비하여 리듬이 장중하고 표현이 수식적이다.

3) 영향

초사와 한부漢賦에서 발달한 칠언고시는 아직은 미숙하지만 이미 하나의 시체詩體를 이루었으며, 위진남북조에서 성행한 유미주의 문학풍조 아래서 수사기교를 다진 뒤 당대 초기에 이르러 근체시로 발전했다.

4. 악부와 고시의 차이점

1) 본질

악부는 민간문학이 일정한 과정을 거쳐 정리된 것이고, 고시는 민간에서 자연적으로 발전한 것이다.

2) 형식

악부는 장단구가 많지만, 고시는 자구가 오언이나 칠언으로 일정하다.

3) 내용

악부는 서사성이 강하고, 고시는 서정성이 강하다.

4) 박자

악부는 노래 부를 수 있지만, 고시는 노래 부를 수 없다.

5) 풍격

악부는 질박하고 강건하지만, 고시 부드럽고 온아하다.

6) 작자

악부는 대부분 민간의 가요이지만, 고시는 대부분 문인의 작품이다.

건안 문학

1. 건안칠자建安七子

1) 작가

공융孔融 · 진림陳琳 · 왕찬王粲 · 서간徐幹 · 완우阮瑀 · 응창應瑒 · 유정劉楨.

2) 유래

7명이 모두 한 헌제獻帝 건안(196~219) 연간에 살았기 때문에 '건안칠자'라고 한다. 또한 모두 위魏의 수도 업鄴에서 살았기 때문에 '업중칠자鄴中七子'라고도 한다.

3) 칠자의 특장과 대표작품

(1) 공융 : 필기筆記에 뛰어났으며, 「천예형표薦禰衡表」 등을 지었다.
(2) 왕찬 : 사부辭賦에 뛰어났으며, 「등루부登樓賦」·「칠애시七哀詩」 등을 지었다.
(3) 서간 : 의론문에 뛰어났으며, 『중론中論』 등을 지었다.
(4) 진림 : 부격符檄에 뛰어났으며, 「토조조격討曹操檄」 등을 지었다.
(5) 완우 : 부격에 뛰어났으며, 『완원유집阮元瑜集』이 있다.
(6) 유정 : 서기書記에 뛰어났으며, 「증종제贈從弟」·『유공간집劉公幹集』이 있다.
(7) 응창 : 서기에 뛰어났으며, 『응덕련집應德璉集』이 있다.

2. 삼조三曹

1) 작가

조조曹操와 그의 두 아들 조비曹丕·조식曹植을 말한다.

2) 삼조의 특색과 대표작품

(1) 조조 : 자는 맹덕孟德, 시호는 무제武帝, 위나라의 시조다. 그의 시는 기상이 웅혼하다. 대표작인 「단가행短歌行」은 영웅적인 기백과 허무한 인생에 대한 애수를 잘 표현했다.

(2) 조비 : 자는 자환子桓, 시호는 문제文帝, 위나라의 건국자로 조조의 장남이다. 그의 시는 완약婉約하고 우아하다. 대표작인 「연가행燕歌行」은 남편을 그리는 부인의 마음을 노래한 것으로, 초기 7언시의 명작으로 손꼽힌다.

(3) 조식 : 자는 자건子建, 진사왕陳思王이라고 부르며, 조조의 셋째 아들이다. 삼조 가운데 문학적 재능이 가장 뛰어났다. 그의 시는 침통·화려·섬세·웅장 등 풍격이 다양하고, 비유와 상징의 표현수법이 풍부하며, 내적인 감정을 예술적으로 표현하여, 시적 서정의 세계를 확대했다. 대표작에는 「백마편白馬篇」·「명도편名都篇」·「원가행怨歌行」·「칠애시七哀詩」·「낙신부洛神賦」 등이 있다.

3. 건안 시가의 특색

1) 풍격

건안 연간의 시인들은 비분강개하고 격앙된 정조로 당시의 혼란한 사회상과 백성들의 비참한 생활을 반영했는데, 이를 건안풍골建安風骨이라 한다.

2) 형식

악부시는 편폭이 길어지고 문인들의 참여로 세련되고 화려해졌으며, 조비의 「연가행」으로 7언시의 형식이 정식으로 확립되었다.

3) 내용

악부 가운데의 사실주의 정신을 보존했으며, 아울러 위진 현언玄言의 실마리를 열었다.

위진남북조 문학

220 ~ 589

제10장 위진남북조 문학사조

1. 시기 구분

1) 위魏(220~265) : 조비曹丕가 창건했다.

2) 진晉(265~420) : 사마염司馬炎이 창건했으며, 서진西晉(265~317)과 동진東晉(317~420)으로 나뉜다.

3) 남북조南北朝(420~589)

(1) 남조

송宋(420~479) : 유유劉裕가 창건했다.

제齊(479~502) : 소도성蕭道成이 창건했다.

양梁(502~557) : 소연蕭衍이 창건했다.

진陳(557~589) : 진패선陳覇先이 창건했다.

(2) 북조

북위北魏(386~534) : 탁발규拓跋珪가 창건했다.

동위東魏(534~550) : 원선견元善見이 창건했다.

서위西魏(535~556) : 원보거元寶炬가 창건했다.

북제北齊(550~577) : 고양高洋이 창건했다.

북주北周(557~581) : 우문각宇文覺이 창건했다.

2. 사회적 환경

1) 정치적 문란

위진남북조의 약 370년 간 10여 왕조가 부침을 거듭했고, 팔왕八王

의 난과 영가永嘉의 난 등 내란과 외란이 겹쳐, 사회가 오랫동안 혼란과 불안에 처하게 되자, 지식인들을 중심으로 현실과 동떨어진 일종의 청담清談의 기풍이 형성되었다.

2) 유학의 쇠미

한대에 국시國是로 추앙받던 유학이 위진남북조에 이르러 음양참위설陰陽讖緯說로 변질되고 역대 제왕들이 유학을 경시하자, 그 정치적 뒷받침을 잃게 됨으로써 자연히 문학사조의 변화에 영향을 미쳤다.

3) 노장철학의 부활

노장철학은 일종의 난세의 산물로서 청정무위清淨無爲와 만물제동萬物齊同을 주장하고 소극적인 현실도피 경향을 띠었는데, 이러한 주장과 경향이 당시 사람들의 심리적인 요구에 부합되었다.

4) 도교와 불교의 전파

후한에 형성된 도교와 후한 말 중국에 전입된 불교가 위진남북조에 이르러 상호교류를 통해 널리 전파되었는데, 도교의 피세사상避世思想과 불교의 염세사상厭世思想이 당시의 시대적 요구에 부합되었다.

3. 문학적 경향

1) 염세적인 은일사상이 팽배했다.
2) 낭만적인 개인주의 경향이 강했다.
3) 조탁과 수식에 힘쓴 유미주의 경향이 짙었다.
4) 현허적玄虛的·사변적思辨的 경향이 농후했다.
5) 순문학에 대한 자각과 함께 문학의 독립성을 인정하고 문학론·비평론이 발달했다.

제11장

위진남북조 시가

1. 위대의 시가

1) 별칭

정시正始 문학. '정시'는 위 폐제廢帝 조방曹芳의 연호(240~248)다.

2) 주요 작가와 작품

죽림칠현竹林七賢.

(1) 완적阮籍 : 오언시에 뛰어났으며 칠현 가운데 대표적인 인물로, 「영회시詠懷詩」를 지었다.

(2) 혜강嵇康 : 4언시에 뛰어났고 풍격이 탈속적이고 청고淸高했으며, 「유분시幽憤詩」를 지었다.

(3) 유령劉伶 : 방탄적인 음주행태로 유명하며, 「주덕송酒德頌」을 지었다.

3) 경향

현도玄道를 담론하고 전통적인 예교를 타파하고 유학사상의 구속에서 벗어나 청담의 기풍을 조성했다.

4) 풍격

죽림칠현이 모두 시에 능했던 것은 아니었으며, 대부분 방탄적放誕的이고 허무적인 색채가 농후하다.

2. 서진의 시가

1) 별칭

태강太康문학, 원강元康 문학. '태강'은 서진 무제 사마염司馬炎의 연호(280~289)이고, '원강'은 서진 혜제惠帝 사마충司馬衷의 연호(291~299)다.

2) 주요 작가와 작품

(1) 삼장三張 : 장화張華 · 장재張載 · 장협張協.

(2) 이육二陸 : 육기陸機 · 육운陸雲.

* 육기 : 화려한 시어, 자구의 조탁, 대우의 중시 등 수사에 치중하고 부와 변문에도 뛰어났다. 연련주演連珠라는 새로운 형식으로 시부詩賦의 일체를 꾀했다. 「의고시擬古詩」가 유명하다.

(3) 양반兩潘 : 반악潘岳 · 반니潘尼.

* 반악 : 시어가 화려하고 상심과 비애의 감정을 잘 표현했다. 「도망시悼亡詩」 3수가 유명하다.

(4) 일좌一左 : 좌사左思.

* 좌사 : 시풍은 기개와 박력이 넘치고 시어는 순박하다. 고금의 인물을 통해 자신의 불우함을 표현하고 당시의 문벌제도에 불만을 토로한 「영사시詠史詩」 8수, 10년 동안 구상하여 완성한 「삼도부三都賦」가 유명하다.

3) 풍격

작품의 내용보다는 형식에 치중하여 형식주의·수사주의의 방향으로 발전했다. 즉 문채는 정시문학보다 화려하고 힘은 건안문학보다 유약하다.

3. 동진의 시가

1) 유곤劉琨

그의 시는 대부분 격조가 높으며 침통하고 비장하다. 「부풍가扶風歌」·「중증노심重贈盧諶」이 유명하다.

2) 곽박郭璞

그의 시는 대부분 환상적·현허적玄虛的이고 신선세계에 대한 동경을 그림으로써, 현언시玄言詩의 발전을 가져왔다. 「유선시游仙詩」 14수가 유명하다.

3) 도잠陶潛

자는 연명淵明, 호는 정절선생靖節先生. 벼슬을 그만두고 전원에 은거하면서 평생 명리를 멀리하고 시와 술로써 유유자적했다.

(1) 도잠 시의 내용분류

① 전원시 : 농촌의 한가한 정취와 자신의 유연자득悠然自得한 심경을 묘사하고, 농촌의 퇴락과 자신의 곤궁한 생활을 반영했다. 대표작에는 「귀원전거歸園田居」·「음주飮酒」·「도화원시桃花源詩」·「귀거래사歸去來辭」 등이 있다.

② 영회·영사시 : 완적과 좌사의 전통을 계승하여 출사出仕와 은일隱逸의 모순 속에서 이상을 실현할 수 없는 고민을 표현했다. 대표작에는 「잡시雜詩」·「독산해경讀山海經」 등이 있다.

(2) 시풍 : 평담과 자연의 통일을 꾀하여 평담한 가운데 웅건함이 있고 자연스러움 가운데 정교함이 있으며, 정情·경景·이理의 융합을 도모했다.

(3) 영향 : 중국 전원시의 새로운 발전을 이룩한 그의 시는 당대의

왕유王維·맹교孟郊·유종원柳宗元·위응물韋應物, 송대의 소식蘇軾 등에 영향을 미쳤다.

4. 남조의 시가

1) 원가元嘉 문학

'원가'는 유송劉宋 문제 유의륭劉義隆의 연호(424~453)다.

(1) 주요 작가

① 사령운謝靈運 : 산수의 아름다운 풍광을 화려하게 묘사하여 중국 산수시의 새로운 장을 개척했다.

② 안연지顔延之 : 전고의 사용과 수식에 치중했다.

③ 포조鮑照 : 악부체의 7언시에 능했으며, 「의행로난擬行路難」이 유명하다.

(2) 시풍 : 현언시가 퇴조하고 산수시가 흥성했으며 대우, 신기한 표현, 화려한 묘사 등 유미주의적인 형식미를 중시했다.

2) 영명永明 문학

'영명'은 남제南齊 무제 소색蕭賾의 연호(483~493)다.

(1) 주요 작가 : 경릉왕竟陵王 소자량蕭子良 밑에 왕융王融·사조謝朓·범운范雲·임방任昉·심약沈約·육수陸倕·소침蕭琛·소연蕭衍의 경릉팔우竟陵八友가 있었는데, 이들의 시를 '영명체'라고 한다.

① 사조 : 사령운의 산수시를 계승 발전시켜 세련된 묘사와 음률의 조화를 꾀했다.

② 심약 : 사성팔병설四聲八病說을 주장하여 엄정한 음률미를 추구함으로써 당대 근체시의 성립에 직접적인 영향을 미쳤다.

(2) 시풍 : 작품의 내용보다는 정교한 대구나 화려한 음률 등 표현상

의 기교를 중시했다.

3) 궁체문학

(1) 주요 작가 : 양梁 간문제簡文帝 소연蕭衍, 유견오庾肩吾, 유신庾信, 서릉徐陵, 진陳 후주後主 진숙보陳叔寶 등.

(2) 시풍 : 여성의 아름다운 자태와 염정을 묘사한 관능적인 염체시艶體詩로서, 극도의 섬세함과 화려함을 추구했으며 퇴폐적인 경향을 띠었다.

5. 남북조의 악부 민가

1) 남북조 악부 민가의 연변

(1) 원류 : 위에서 서진에 이르기까지 비록 악부의 기구가 있긴 했지만 당시의 사회적인 혼란으로 인하여 민가를 채록하지 못했다. 따라서 당시의 악부는 대부분 문인의 모방작이었으며 진정한 민가는 매우 드물었다.

(2) 발전 : 동진에서 남북조에 이르러서야 비로소 많은 민간 악부가 출현하여 성정을 솔직하게 표현하고 조탁을 일삼지 않는 일종의 민간문학을 형성했다. 일반 문인들도 그러한 형식을 빌려서 시가를 창작했는데, 비록 입악入樂할 수는 없었지만 모두 악부라고 불렀다.

2) 남조의 악부 민가

(1) 내용 : 대부분 남녀 간의 연정을 묘사한 것으로 서정성이 강하다.

(2) 특색 : 대부분 편폭이 짧은 5언 4구이고, 언어가 청신하고 자연스러우며, 성음의 조화와 이중의 뜻을 지닌 쌍관어雙關語를 즐겨 사용했다.

(3) 풍격 : 기세가 온유하고 정감이 섬세하며, 격조가 청신하고 음률이 구성지다.

(4) 곡류 : 청상곡사清商曲辭를 위주로 했다.

(5) 작품 : 「자야가子夜歌」·「삼주가三洲歌」 등 400여 수가 전해진다.

3) 북조의 악부 민가

(1) 내용 : 무용武勇을 노래한 것이 대부분이며, 전쟁의 참상, 종군의 고달픔, 목축생활 등을 묘사하거나 연정을 노래한 것도 있다. 서사성이 강하다.

(2) 특색 : 체재상 5언 4구 외에 7언 4구의 칠절체七絶體의 발전을 보이며, 언어상 표현이 솔직하고 담백하다.

(3) 풍격 : 기세가 호방하고 정감이 격앙되며, 격조가 질박하고 음률이 소박하다.

(4) 곡류 : 고각횡취곡鼓角橫吹曲과 잡곡가사雜曲歌辭를 위주로 했다.

(5) 작품 : 「칙륵가勅勒歌」·「목란시木蘭詩」 등 70여 수가 전해진다.

4) 남북조 악부 민가의 영향

(1) 체재상 5·7언 절구체의 출현으로 짧은 서정시의 새로운 길을 열었다.

(2) 표현수법상 대구법과 쌍관어의 사용 및 정련된 구어의 운용 등은 후대 시인들에게 많은 영향을 미쳤다.

(3) 연정을 노래한 남조의 '염곡艷曲'은 양·진대 궁체시의 형성과 발전에 영향을 미쳤으며, 당대 이후 남녀 연정시의 의경意境과 언어 방면에 모두 영향을 미쳤다.

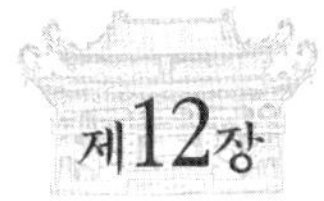

위진남북조 산문·변려문·변부

1. 위진 산문

1) 특색

(1) 점점 변려화駢儷化 되었다.

(2) 유학이 쇠미함에 따라 유학 경전의 굴레에서 벗어나 산문의 독립성을 자각하고 순문예적인 경향을 띠었다.

(3) 낭만적인 색채를 띠었다.

2) 유파

(1) 비장파悲壯派 : 비장함 가운데 미려함을 갖추었다. 조조曹操·왕찬王粲 등이 속한다.

(2) 청려파淸麗派 : 완약하고 우아하다. 조비曹丕·완적阮籍 등이 속한다. 완적의 「대인선생전大人先生傳」이 대표작이다.

(3) 수사파修辭派 : 문장의 화려함을 중시했다. 육기와 반악이 대표적이다.

(4) 첩학파帖學派 : 수식하지 않고 준일한 기풍을 중시했다. 왕희지王羲之의 「난정집서蘭亭集序」가 대표작이다.

(5) 자연파自然派 : 문풍이 질박하고 자연스러운 묘미를 추구했다. 도연명의 「귀거래사歸去來辭」·「도화원기桃花源記」가 대표작이다.

(6) 논변파論辯派 : 문풍이 치밀하고 분석적이다. 노승魯勝이 대표적이다.

2. 남북조 산문

1) 남조 산문의 주요 작가와 작품

(1) 범엽范曄 : 유송의 역사가로, 『사기』·『한서』·『삼국지』와 함께 4사四史로 불리는 『후한서』를 편찬했다.

(2) 심약沈約 : 유송에서 양대까지 활약한 문학가이자 역사가로 『송서宋書』를 편찬했다.

(3) 임방任昉 : 유송에서 양대까지 활약한 남조 최고의 산문가로, 양대의 조령詔令 중 대부분이 그의 손에서 나왔다.

2) 북조 산문의 주요 작가와 작품

(1) 안지추顔之推 : 북제인. 그가 지은 『안씨가훈顔氏家訓』은 문장이 질박하고 평이하며, 「문장편」에서는 제·양의 화려한 문학사조에 대한 반대를 제기했다.

(2) 양현지楊衒之 : 북제인. 그가 지은 『낙양가람기洛陽伽藍記』는 당시 번영했던 낙양의 사찰과 주민들의 생활상을 기록한 것으로, 문장이 수려하며 묘사가 상세하되 번잡하지 않다.

(3) 역도원酈道元 : 북주인. 그가 지은 『수경주水經注』는 여러 물길의 산수경치와 그 지역의 전설과 풍물을 묘사한 것으로, 청신하고 생동감이 넘친다. 당대 유종원柳宗元의 산수유기문에 영향을 미쳤다.

(4) 소작蘇綽 : 북주인. 변려문의 문풍을 혁신하고자 『서경』을 모방하여 『대고大誥』를 지었다.

3. 남북조 변려문

1) 정의

한·위에서 기원하여 남북조에서 형성 발전된 문체의 일종으로, 여구儷句와 우구偶句의 쌍구雙句를 위주로 하고 대우·평측·전고·비유·과장 등을 강구하여 문장의 아름다움을 추구했다. 보통 4·6자로 구성되므로 사륙변려문이라고도 한다.

2) 변려문과 산문의 차이

(1) 변려문 : 어구가 대우를 이루고, 수식을 중시하며, 성운을 따진다.

(2) 산문 : 어구가 일정하지 않고, 수식을 중시하지 않으며, 성운을 따지지 않는다.

3) 발달 원인

(1) 군주와 귀족이 애호하고 제창했다.

(2) 낭만적인 유미주의 사조가 지속되었다.

(3) 문학 관념에 대한 자각이 일어났다.

(4) 성률설이 흥기했다.

4) 주요 작가와 작품

남북조 시기는 변려문이 극도로 발전하여 거의 모든 문장이 변려화되었는데, 그 중 유명한 것으로는 공치규孔稚圭의 「북산이문北山移文」과 구지丘遲의 「여진백지서與陳伯之書」 등을 들 수 있다. 또한 '서유체徐庾體'라고 불리는 남조의 서릉徐陵과 북조에서 벼슬한 유신庾信은 변려문의 형식과 기교를 더욱 발전시켰다.

4. 위진남북조 변부

1) 정의

변부駢賦는 변려문에 근접한 일종의 부체賦體로 배부排賦라고도 한다. 즉 변려문의 특징을 갖춘 부를 말한다.

2) 주요 작가와 작품

(1) 위 : 조비의 「감리부感離賦」, 조식의 「낙신부洛神賦」, 왕찬의 「등루부登樓賦」 등이 있으며, 서정적인 단편부가 성행했다.

(2) 서진 : 반악의 「추흥부秋興賦」, 육기의 「문부文賦」, 좌사의 「삼도부三都賦」 등이 있으며, 수사적인 세련미가 강화되었다.

(3) 동진 : 곽박의 「강부江賦」, 손작의 「유천태산부遊天台山賦」, 도연명의 「한정부閒情賦」 등이 있다.

(4) 남북조 : 사령운의 「설부雪賦」, 포조의 「무성부蕪城賦」, 강엄江淹의 「한부恨賦」·「별부別賦」, 유신의 「애강남부哀江南賦」 등이 있다.

제13장

위진남북조 문학비평

1. 발전 원인

1) 많은 문인들이 배출되어 그에 따른 문체와 작품이 풍부해졌다.
2) 문학에 대한 자각으로 문학의 지위가 높아짐에 따라 문학을 논하는 전문가들이 자연히 생겨났다.
3) 비평가들에 의해 작가와 작품을 비평하고, 문체를 변별하고, 창작방법을 토론하는 전문서가 계속 나왔다.

2. 주요 작품

1) 『전론典論』「논문論文」
   (1) 작자 : 위나라 문제 조비曹丕.
   (2) 내용
      ① 문학의 지위를 긍정하고 그 의의 및 작용을 높이 평가했다. "대개 문장은 나라를 경륜하는 위대한 사업이며 불후의 성대한 일이다.(蓋文章經國之大業, 不朽之盛事.)"
      ② 작가 자신만의 독특한 개성과 풍격을 강조했다. "문장은 기운을 위주로 한다.(文以氣爲主.)"
      ③ 문체를 4류로 나누고 그 각각의 특징을 제시했다. "주의는 마땅히 전아해야 하고(奏議宜雅)" "서론은 마땅히 이치에 맞아야 하고(書論宜理)" "명뢰는 사실을 숭상해야 하고(銘誄尙

實)” “시부는 아름답게 해야 한다.(詩賦欲麗)”

④ “옛 것을 귀히 여기고 지금 것을 천시하며 형식을 숭상하고 내용을 멀리하는(貴遠賤近, 向聲背實)” 문학 관념에 반대했다.

(3) 지위 : 위진남북조 문학비평의 시초로서 후세 문학비평에 많은 논의의 대상을 제공했다.

2) 『문부文賦』

(1) 작자 : 서진의 육기陸機.

(2) 내용

① 작가의 구상력, 대상과 표현의 상관성, 형식보다는 내용의 중요성을 강조했다.

② 창작과정상 주제의 명확성, 작품 구성의 치밀성, 수식과 성률의 중요성을 논했다.

③ 문체를 시詩 · 부賦 · 비碑 · 뇌誄 · 명銘 · 잠箴 · 송頌 · 론論 · 주奏 · 설說의 10류로 나누고 각각의 특징을 논했다.

(3) 지위 : 이제까지의 전통적인 공용론功用論에서 진일보하여 문학의 본질 문제를 논의함으로써, 후대의 유협과 종영 등에게 영향을 미쳤다.

3) 『문심조룡文心雕龍』

(1) 작자 : 양나라의 유협劉勰.

(2) 구성 : 서문격인 「서지序志」를 포함하여 총 50편으로 이루어져 있다.

(3) 내용

① 원리론 : 천지자연의 문채는 ‘도’이며 문학은 이러한 자연의 도를 바탕으로 하여 생산된다. 즉 문학창작은 천지자연의 오

묘한 조화와 같다고 여겼다.

② 문체론 : 문체를 총 33류로 분류하고 각 문체에 대한 명확한 정의, 연원과 변천, 서로 다른 풍격 등 문체의 유별流別을 논했다.

③ 창작론 : 사고력·구상력의 작용과 배양, 내용과 형식의 조화(문질병중文質並重), 다양한 수사기교 등을 논했다.

④ 비평론 : 풍격의 특성과 우열, 작가가 갖추어야 할 재주와 학식, 작가의 시대정신과 환경, 비평의 표준 등을 논했다.

(4) 지위 : 중국문학사상 최초의 체계적이고 본격적인 문학이론서로서 비평문학의 정수다.

4) 『시품詩品』

(1) 작자 : 양나라의 종영鍾嶸.

(2) 구성 : 총 3권으로, 한·위에서 양나라에 이르기까지 오언시의 작자 122명을 상·중·하 3품으로 나누어 품평했다.

(3) 내용

① 기교적인 사성팔병설四聲八病說을 반대하고 자연스럽고 조화로운 음률을 중시했다.

② 전고의 사용을 반대하고 묘사대상과의 직접적인 교감과 합일을 통해 체득하는 '직심直尋'을 주장했다.

③ 단순한 비比·흥興과 부체賦體만의 사용을 반대하고 부·비·흥의 조화로운 운용을 강조했다.

④ 내재적인 풍골風骨과 외재적인 수사修辭를 둘 다 중시할 것을 주장했다.

(4) 결점 : 품평이 너무 주관에 치우쳐 객관성이 결핍되었으며, 작품의 형태를 표준으로 삼고 도리어 중요한 문예사상과 시대환경을

소홀히 했다.

(5) 지위 : 중국 최초의 전문적인 시 비평서로서 중국시가비평사상 매우 중요한 문헌이다.

5) 『문선文選』

(1) 작자 : 양나라 소명태자昭明太子 소통蕭統을 중심으로 유효위劉孝威·유견오庾肩吾 등 고재십학사高齋十學士.

(2) 구성 : 총 30권으로, 진·한부터 양나라까지 127명의 시·부·문장 등을 37류의 문체로 분류하여 모아 놓은 시문 총집이다.

(3) 작품선정 기준 : 경·사·자서의 문장은 제외하고 깊이 있는 내용과 아름다운 문학적 표현을 갖춘 작품을 대상으로 했다.

(4) 지위 : 당대 이선李善이 『문선』에 주를 단 이후로 문선학文選學이 일어날 정도로 연구가 성행했으며, 중국 문체론의 심화 발전에 큰 공헌을 했다.

6) 『옥대신영玉臺新詠』

(1) 작자 : 진陳나라의 서릉徐陵.

(2) 구성 : 총 10권으로, 한대부터 양대까지 오언시·악부·가행歌行에서 가려 뽑은 염정시선집이다.

(3) 작품선정 기준 : 당시의 유미주의적인 궁체문학의 영향으로 문사상의 염려艶麗한 시만을 집록했다.

(4) 지위 : 중국 시가발전사상 유미주의·수사주의 절정기의 작품을 집대성했다.

7) 기타

지우摯虞의 「문장유별지론文章流別志論」, 이충李充의 「한림론翰林論」, 배자야裴子野의 「조충론雕蟲論」, 안지추顏之推의 『안씨가훈顏氏家訓』

「문장文章」편 등이 있다.

3. 영향

1) 후대 중국문학비평론의 발전에 지대한 영향을 미쳤다.
2) 비평문학가들을 중심으로 유가적인 관점에서 반유미주의문학 사조의 싹이 터서 당대 고문운동으로 이어졌다.

제14장
위진남북조 소설

1. 내원

1) 선진시대의 소설

(1) 개념

① 『장자莊子』 「외물편外物篇」 : "소설을 꾸며서 높은 벼슬을 구하는 것은 대도大道와는 또한 먼 것이다.(飾小說以干縣令, 其于大達亦遠矣.)"

② 『순자荀子』 「정명편正名篇」 : "그러므로 지혜 있는 자는 도를 논할 따름이니, 소가의 진기한 이야기가 바라는 바는 모두 쇠망하게 된다.(故智者論道而已矣, 小家珍說之所願皆衰矣.)"

③ 여기에서의 '소설'은 '대도大道'와 상대적인 의미이며, 근대적 의미의 '소설'과는 거리가 멀다.

(2) 작품 : 『산해경山海經』 등이 있다.

2) 양한시대의 소설

(1) 개념

① 『한서漢書』 「예문지藝文志 · 제자략諸子略」 : "소설가의 무리는 대개 패관에서 나온 것으로, 길거리나 골목의 이야기를 길에서 듣고 말하는 자들이 지어낸 것이다.(小說家者類, 蓋出於稗官, 街談巷語, 道聽塗說者之所造也.)"

② 환담桓譚의 『신론新論』 : "소설가는 자질구레한 이야기를 모아 가까이에서 비유를 취하여 짧은 글을 짓는데, 몸을 수양

하고 집안을 다스리는 데 볼 만한 말이 있다.(小說家, 合叢殘小語, 近取譬諭, 以作短書, 治身理家, 有可觀之辭.)”

③ 소설의 허구성·통속성·단편성·공효성 등을 구체적으로 언급했다.

(2) 작품

① 『한서』「예문지」에 실려 있는 15종의 소설.

② 지리박물고사류 : 『신이경神異經』·『십주기十洲記』 등.

③ 신선고사류 : 『한무고사漢武故事』·『한무내전漢武內傳』·『열선전列仙傳』 등.

④ 역사고사류 : 『연단자燕丹子』·『설원說苑』·『신서新序』·『열녀전列女傳』·『풍속통의風俗通義』 등.

(3) 특징

① 작자 미상의 작품이 대부분이다.

② 내용은 주로 민간전설이나 역사고사가 대부분이며, 그 안에는 이미 지괴소설과 지인소설의 제재가 많이 담겨 있다.

③ 형식은 몇몇 작품을 제외하곤 거의 단편적이며 짜임새가 부족하다.

④ 성격상 이미 오락성·지식성·교훈성을 갖추고 있다.

⑤ 예술상 비유·과장·허구 등 다양한 표현수법이 시도되었으며, 종종 생동감 넘치는 인물형상을 창조해내기도 했다.

2. 위진남북조 지괴소설 志怪小說

1) 창작 배경

(1) 무풍巫風과 방술方術이 흥성하고 널리 전파되었다.

(2) 불교의 전파와 함께 불경의 번역이 진행되었다.

(3) 문인·방사方士·승려를 중심으로 한 작자층이 확대되었다.

(4) 귀신의 존재를 믿었던 당시인의 관념이 반영되었다.

(5) 고대 신화와 역사전설의 영향을 받았다.

2) 분류 및 주요 작품

(1) 신괴류 : 주로 귀신과 관련한 괴이한 일을 기록한 것으로, 지괴소설의 특성을 가장 잘 보여주고 있으며, 여기에 속하는 작품 또한 가장 많다. 대표작은 동진 간보干寶의 『수신기搜神記』다. 그밖에 조비曹丕의 『열이전列異傳』, 도잠陶潛(후인의 가탁)의 『수신후기搜神後記』, 동양무의東陽無疑의 『제해기齊諧記』 등이 있다.

(2) 박물류 : 산천지리와 관련한 신괴고사가 대부분으로, 지괴소설 중에서 하나의 유파를 형성하여 후대까지 계속 이어졌다. 대표작은 서진 장화張華의 『박물지博物志』다.

(3) 신선류 : 선경仙境·선품仙品·선인仙人에 관한 고사를 기록한 것으로, 지괴소설 중에서 매우 중요한 제재이다. 대표작은 동진 갈홍葛洪의 『신선전神仙傳』이다.

(4) 불교의 영향을 받은 작품 : 내용은 불법 신봉을 권유, 부처의 위력을 선양, 인과응보와 윤회사상을 고취, 지옥의 공포와 천당의 행복을 설파하는 것이 대부분이다. 불교와 불경고사가 끼친 영향은 위진남북조 지괴소설의 또 다른 새로운 내용을 형성하게 했다. 대표작은 남조 송 유의경劉義慶의 『유명록幽明錄』·『선험기宣驗記』, 남조 제 왕염王琰의 『명상기冥祥記』 등이다.

3) 특징

(1) 내용상 중국 지괴소설의 전형적인 범주를 두루 갖추었다.

(2) 형식상 편폭이 길어지고 구성이 짜임새 있으며 줄거리 전개에 기복이 있는 등 비교적 완정한 소설형식을 갖춘 고사가 많아졌다.

(3) 인물묘사상 등장인물의 형상을 창조함에 있어서 인물의 성격을 통해 인간사회를 반영하고 작자의 애증태도와 이상세계를 제시했다.

(4) 표현기교상 '몽환夢幻', '이혼離魂', '환생幻生', '선경仙境 왕래' 등의 수법을 사용하여 작품의 오락성과 예술성을 제고시켰다.

4) 영향

(1) 위진남북조 지괴소설에서 확립된 중국 지괴의 전통은 이후 송대 홍매洪邁의 『이견지夷堅志』를 거쳐 청대 포송령蒲松齡의 『요재지이聊齋志異』에서 최고봉에 이르렀다.

(2) 다양한 고사와 표현수법은 이후 당대 전기傳奇에 직접적인 영향을 미쳤다.

(3) 당대 변문變文, 송원 화본話本 및 희곡, 명청 문언소설 등에 광범위한 영향을 미쳤다.

(4) 기타 여러 문학의 창작 제재로도 널리 사용되었다.

3. 위진남북조 지인소설志人小說

1) 창작 배경

(1) 한·위 이래 이어져 온 청담과 인물품평 풍조의 성행으로, 인물의 언행과 일화를 기록한 서책의 필요성이 대두되었다.

(2) 선진 역사산문과 제자산문 가운데 인물고사의 영향을 받았다.

2) 분류 및 주요 작품

(1) 소화류笑話類 : 소화는 상리常理에 어긋나는 언행을 통해 세상의 모순을 들춰냄으로써, 사람들에게 오락과 교훈을 제시하는 일종의 문학형식이다. 중국 소화의 전통은 멀리는 선진 우언의 풍자

고사에서, 가까이는 『사기史記』「골계열전滑稽列傳」에서 그 연원을 찾을 수 있다. 소화의 형식은 처음 민간에서 비롯되었다가 나중에 점차 문인들의 주목을 받게 되었는데, 현존하는 소화집은 대부분 문인의 작품이다. 대표작은 위 한단순邯鄲淳의 『소림笑林』, 수 후백侯白의 『계안록啓顔錄』이다.

(2) 일화류逸話類 : 주로 문인·사대부를 중심으로 한 상류층 인물의 언행과 일화를 기록하여, 위진남북조 명사의 풍류를 반영하고 그들의 사상과 풍모를 그려냈는데, 그 내용이 비교적 사실적이다. 위진남북조 지인소설은 거의 이 부류에 속한다. 대표작은 남조 송 유의경劉義慶의 『세설신어世說新語』다. 그밖에 갈홍의 『서경잡기西京雜記』, 배계裴啓의 『어림語林』, 곽징지郭澄之의 『곽자郭子』, 심약沈約의 『속설俗說』, 은운殷芸의 『소설小說』 등이 있다.

3) 특징

(1) 내용상 더 이상 역사의 기술이나 단순한 신화전설과 우언고사가 아니라 작자가 직접 체험한 실제생활과 여러 군상의 인물의 언행을 묘사하여 지괴소설과 뚜렷한 차별성을 지니고 있으며, 생동감이 넘치고 현실성이 강하다.

(2) 표현수법상 작자의 직접적인 서술이 아니라 등장인물의 언행을 통해 몇 마디의 말로 인물의 성격과 특성을 성공적으로 표현했다.

(3) 언어예술상 정련된 언어와 함축적인 문장으로 풍부한 심미성을 구현했다.

4) 영향

(1) 후대 지인류 문언필기소설의 선구적 역할을 수행했다.

(2) 성어와 전고로 정착되어 후대까지 널리 인구에 회자되는 고사가 산재해 있다.

(3) 후대 시화詩話의 발생에 영향을 미쳤다.

(4) 비교적 편폭이 길고 내용전개와 구성이 짜임새 있는 고사는 후대의 여러 희곡작품으로 개편되었다.

(5) 후대 『진서晉書』의 열전 편찬 사료로 활용되었다.

수당오대 문학

589 ~ 960

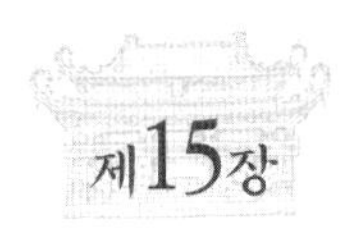

제15장 수대 문학

1. 문제文帝 때의 문학경향

1) 복고운동의 흥기

(1) 원인 : 북조에서 싹이 튼 반유미주의 문학주장이 전입되었고, 문풍 개혁에 대한 수 문제 양견楊堅의 적극적인 의지가 있었다.

(2) 발전 : 이악李諤이 상소를 올려 남조 문학의 퇴폐성을 통렬히 비판하고 이를 금지할 것을 청하자, 문제가 조서를 내려 퇴폐적인 문학을 개혁하려 했다.

(3) 결과 : 문제의 적극적인 복고의 기치에도 불구하고 육조의 화려한 문풍을 일소할 수는 없었다.

2) 주요 시인

양소楊素 · 우세기虞世基 · 설도형薛道衡 등.

2. 양제煬帝 때의 문학경향

1) 궁체문학의 부활

(1) 원인 : 문제를 이어 즉위한 양제 양광楊廣은 주색에 빠져 음탕하고 사치스런 향락을 일삼았기 때문에 자연히 양대梁代와 진대陳代의 궁체문학이 다시 번성했다.

(2) 발전 : 시재詩才를 갖고 있던 양제의 기호에 따라 신하들이 서로 다투어 화려함과 음탕함을 좇았다.

(3) 결과 : 극도로 음탕한 문학경향은 결국 수나라의 멸망을 촉진시키는 계기가 되었다.

2) 주요 시인

노사도盧思道 · 왕주王胄 등.

제16장 당대 시

1. 번성 원인

1) 시가 자체의 발전

(1) 내용상 『시경』과 한대 악부의 현실주의 정신, 초사의 낭만주의 정신, 위진남북조의 전원시와 산수시 등이 당시의 내용 확대에 영향을 미쳤다.

(2) 형식상 전대에 이미 사용되었던 4·5·7언시(고시), 소체騷體, 악부체 등의 다양한 시체가 당대 근체시 발전에 영향을 미쳤다.

2) 사회적 원인

(1) 제국의 통일과 번영으로 시인들이 전국을 주유하면서 다양한 사회생활을 경험하고 수려한 산천경개를 유람함으로써 안목과 시정詩情이 증대되었다.

(2) 외국과의 빈번한 교류로 사람들의 정신생활과 예술경험이 더욱 풍부해졌다.

(3) 안사安史의 난 등과 같은 대변란이 창작의 영감을 자극하고 풍부한 소재를 제공했다.

(4) 시·부로써 인재를 뽑는 과거제도의 시행으로 시인의 저변이 확대되어 시가의 내용과 형식이 풍부해졌다.

(5) 군주와 귀족들의 시가 애호로 당시 발전이 촉진되었다.

2. 성취

1) 청나라 때 편찬된 『전당시全唐詩』에 근거하면, 수량상 2,200여 명의 48,900여 수가 창작되었다.
2) 질량상 중국 시가를 대표할 수 있는 뛰어난 작가와 작품들이 많이 배출되어 중국 시가의 사상성과 예술성이 최고의 수준에 도달했다.
3) 형식상 오·칠언고시, 오·칠언 율시, 오·칠언 절구 등 다양한 시체가 완비되었다.

3. 시기구분 및 유파

1) 초당
   (1) 기간 : 고조高祖 무덕武德 원년(618)에서 예종睿宗 태극太極 원년(712)까지 94년간.
   (2) 특징 : 당시의 맹아시기로서 다양한 격률이 발전하기 시작했으나 시가의 창작은 대부분 전대를 답습했다.
   (3) 유파
      ① 궁정파 : 상관의上官儀·우세남虞世南 등이 대표한다. 남조 궁체시의 유풍을 답습하여 내용보다는 화려한 수사를 중시했다.
      ② 은일파 : 왕범지王梵志·왕적王績·한산자寒山子 등이 대표한다. 문사가 질박하고 의도적으로 평담한 시어를 사용하여 궁정시파의 화려함을 바로잡고자 했다.
      ③ 개혁파 : 왕발王勃·양형楊炯·노조린盧照隣·낙빈왕駱賓王의 '초당사걸初唐四傑'이 대표한다. 화려함과 질박함을 조화시켜 새로운 풍격을 창출했으며, 비교적 깊이 있는 정감과 통속적인 시어를 사용하여 작자의 재능을 발휘했다.

④ 격률파 : 심전기沈佺期·송지문宋之問의 '심송沈宋'과 이교李嶠·소미도蘇味道·최융崔融·두심언杜審言의 '문장사우文章四友'가 대표하는데, 모두 시가의 격률운동에 힘을 썼다. 이들의 시는 엄격한 격률과 치밀한 구성으로 당대 근체시의 형식을 확정했다.

⑤ 복고파 : 진자앙陳子昂을 비롯하여 장열張說·장구령張九齡 등이 대표한다. 자유로운 운율을 추구하고 자유분방한 감정을 표현하여 초당 시단에 남아 있던 제·양의 화려한 기풍을 일소했으며, '건안풍골'을 제창하고 시가의 형식화와 수사미에 반대했다.

2) 성당

(1) 기간 : 현종玄宗 개원開元 원년(713)에서 대종代宗 영태永泰 원년(765)까지 52년간.

(2) 특징 : 시의 격률이 이미 정형을 이루었고 시론 역시 진일보하여 당시를 최고의 경지로 끌어올렸다.

(3) 유파

① 변새파 : 고적高適·잠삼岑參을 비롯하여 이기李頎·최호崔顥·왕창령王昌齡·왕지환王之渙 등이 대표한다. 변새상활에서 제재를 취하여 변방의 경치와 이국적인 정조, 비참한 전쟁장면, 병사의 향수와 고생 등을 비장하고 호방한 풍격으로 묘사했다.

② 전원파 : 시불詩佛 왕유王維와 시은詩隱 맹호연孟浩然이 대표한다. 전원과 산수의 정취와 농촌생활을 노래하여 평담한 풍격으로 천지자연 속에서 정신적인 해탈을 추구했다.

③ 자연파 : 시선詩仙 이백李白이 대표한다.

* 사상성 : 유가·도가·유협遊俠 사상의 복합적인 영향을 받아

'공성신퇴功成身退'의 처세태도를 보인다.

* 예술특징 : 열렬한 정감과 강렬한 개성으로 자아표현의 주관적인 색채가 농후하고, 대담한 과장, 교묘한 비유, 미려한 신화전설, 기이한 환상을 운용하여 정감을 거침없이 표현했다. 풍격이 호방하고 표일飄逸하고 시어가 청신하고 자연스러우며, 고시·절구·악부시에 뛰어났다.
* 지위 : 굴원의 뒤를 이어 중국 시가의 낭만주의 전통을 발양광대시켰고, 시가 창작의 이론과 실천을 겸비하여 육조의 화려하고 유약한 시풍을 일소하고 진자앙이 내세운 시가혁신의 위업을 완성했으며, 악부민가의 정신과 건안문학 이후의 우수한 시가 예술기교를 흡수하여 중국 시가의 내용과 형식을 창조적으로 발전시킴으로써 두보와 함께 중국고전시가의 황금시대를 개척했다.
* 대표작 : 「장진주將進酒」·「고풍古風」·「촉도난蜀道難」·「월하독작月下獨酌」·「산중문답山中問答」·「망여산폭포望廬山瀑布」 등이 있다.

④ 사회파 : 시성詩聖 두보杜甫가 대표한다.

* 사상성 : '인정애민仁政愛民'과 '광시제세匡時濟世' 등 유가사상의 적극적인 성분과 전통적인 충군사상의 영향을 받았다.
* 예술특징 : 현실생활의 중대한 문제들과 사물의 본질을 예술적으로 반영해냈고, 웅혼하고 장대한 예술경지로 경물을 구체적이고 치밀하게 묘사하고 내면의 정감을 속속들이 표현했다. 시적 구성이 매우 엄밀하고, 언어구사가 정확하고 생동감 넘치며, 글자마다 깊은 의미를 함축하고 있다. 풍격이 침울하고 비장하며, 고시와 절구에 능하고 율시에 특히 뛰어났다.
* 지위 : 『시경』과 한대 악부의 현실주의 전통을 계승하고 동

시에 육조 이래 시가의 음률·격률·조구造句 등 예술기교를 비판적으로 흡수하여 중국 현실주의 시가를 집대성했다. 그의 현실주의 정신 및 대상을 사실적으로 묘사한 신악부시는 중당의 신악부운동을 직접 계도했다. 그의 애국정신은 이후 역대 애국시인들에게 큰 영향을 미쳤다.

* 대표작 : 「춘망春望」·「병거행兵車行」·「추흥秋興」, 삼리三吏(「신안리新安吏」·「동관리潼關吏」·「석호리石壕吏」), 삼별三別(「신혼별新婚別」·「무가별無家別」·「수로별垂老別」) 등이 있다.

3) 중당

(1) 기간 : 대종代宗 대력大曆 원년(766)에서 문종文宗 태화太和 9년(835)까지 66년간.

(2) 특징 : 내용과 기교상 모두 다시 한 번 진일보하여 당시 발전의 중요한 단계가 되었다.

(3) 유파

① 산수파 : 유장경劉長卿·위응물韋應物·유종원柳宗元이 대표한다. 도연명·사령운·왕유·맹호연 등의 산수전원시의 영향을 받아 한적한 심경과 산수자연 풍경을 잘 묘사했다.

② 통속파 : 원진元稹과 백거이白居易가 대표한다. 두보의 사회시를 계승하여 문학의 사회적 작용을 중시했으며, 신악부운동의 중심인물로서 시어의 의식적인 통속화에 힘썼다. 대표작에는 원진의 「신제악부新題樂府」, 백거이의 「비파행琵琶行」·「진중음秦中吟」·「신악부新樂府」 등이 있다.

③ 괴탄파 : 한유韓愈·맹교孟郊·가도賈島 등이 대표한다. 의식적으로 예술적인 기교에 치중하고 기이한 표현을 좋아하여 난삽하고 괴팍한 시풍을 조성했다. 맹교와 가도는 시의 풍격이

매우 비슷하여 '교한도수郊寒島瘦'라는 평가를 받았다.

4) 만당

(1) 기간 : 문종文宗 개성開成 원년(836)에서 애제哀帝 천우天祐 4년(907)까지 71년간.

(2) 특징 : 당시의 수확단계로서 풍격 변화가 더욱 다양해지고 내용이 더욱 풍부하고 기교가 더욱 세밀해졌다.

(3) 유파

① 유미파 : 귀재시인鬼才詩人 이하李賀와 풍류시인 두목杜牧이 대표한다. 괴탄시파의 기교지상 관점을 계승하여 미려한 시구 중에 청신한 풍격을 갖추었다.

② 신비파 : 이상은李商隱을 비롯하여 온정균溫庭筠·한악韓偓 등이 대표한다. 형식주의와 유미주의의 발전으로 말미암아 신비주의적인 경향으로 흘렀다. 이들의 시는 대부분 제재가 화려하고 내용이 은약隱約하며 사용한 전고가 괴벽怪癖하여 뜻을 이해하기가 힘든 경우가 많다.

③ 현실파 : 피일휴皮日休·나은羅隱·두순학杜荀鶴 등이 대표한다. 사회시파와 통속시파의 시풍을 계승하여 시의 기교보다는 깊이 있는 현실의 내용을 담았다.

4. 고체시·근체시·악부시

1) 고체시

(1) 형식 : 근체시가 형성되기 이전의 시체로서 구수句數가 일정하지 않고 심지어 한 구의 자수字數도 들쑥날쑥하며, 반드시 평측을 지키지 않아도 되고 대우의 구속도 받지 않는다.

(2) 종류 : 오언고시 · 칠언고시 · 장단구長短句 등이 있다.

2) 근체시

(1) 절구絶句

① 형식 : 4구로 이루어지며 대우는 반드시 지키지 않아도 되지만 평측은 정해져 있다.

② 종류 : 오언절구(20자)와 칠언절구(28자)가 있다.

(2) 율시律詩

① 형식

* 조구법 : 8구로 이루어진다.
* 평측법 : 각 구의 1 · 3 · 5번째 글자는 평측을 따지지 않지만, 2 · 4 · 6번째 글자는 반드시 평측을 맞춰야 하는데, 이를 '일삼오불론一三五不論, 이사륙분명二四六分明'이라 한다.
* 압운법 : 짝수구의 끝에 압운을 하는데, 이를 격구운隔句韻이라 한다. 일반적으로 8구 4운이지만 첫 구에 압운을 하는 경우도 있다. 압운은 평성의 동일한 운부韻部에 속하는 글자로 해야 한다.
* 대우법 : 1 · 2구는 수련首聯 또는 기起, 3 · 4구는 경련頸聯 또는 승承, 5 · 6구는 복련腹聯 또는 전轉, 7 · 8구는 미련尾聯 또는 결結이라 하는데, 가운데 3 · 4구와 5 · 6구의 출구出句(상구)와 대구對句(하구)는 반드시 대우를 맞추어야 한다.

② 종류 : 오언율시(40자), 칠언율시(56자), 오언배율排律, 칠언배율이 있다. 배율은 10구 이상의 율시를 말한다.

3) 악부시

(1) 의악부擬樂府 : 옛 악부의 제목을 빌려 자신의 감정을 펴내는 것으로, 일정한 음절과 구수의 제약을 받지 않는다. 이백과 왕유의

악부가 여기에 속한다. 예를 들어 이백의 「장진주將進酒」는 한대 악부 고취요가곡鼓吹鐃歌曲의 형식을 빌려 지은 것이다.

(2) 신악부新樂府 : 가사는 악부와 비슷하지만 '입악入樂'의 과정을 거치지 않았기 때문에 '신악부'라고 한다. 또한 옛 제목을 답습하지 않고 새로운 제목을 붙였다. 두보의 「여인행麗人行」과 백거이의 「신악부」 50수 등이 대표작이다.

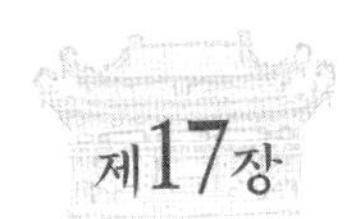

당대 산문과 고문운동

1. 고문운동

1) 정의

'고문'이란 개념은 한유韓愈가 처음으로 제기한 것으로, 육조 이후에 성행했던 변려문과 상대적인 의미로서 선진·양한의 문체를 계승한 산문을 말한다. '고문운동'은 사실상 복고의 기치를 내세운 것으로 문체·문풍·언어 등 여러 방면에서 변혁을 시도한 일종의 문학혁신 운동이다.

2) 발생원인

(1) 산문 자체의 발전 : 중국문학은 건안시대부터 초당에 이르는 수백 년 동안 기본적으로 유미주의의 방향으로 발전하여 내용보다는 형식에 치중하는 화려한 문풍이 형성되었는데, 이러한 기풍이 극에 이르게 되자 자연히 이에 대한 반동으로 새로운 문풍에 대한 요구가 제기되었다.

(2) 정치적 요인 : 강력한 군주집권제도의 시행으로 정치적인 안정이 계속되자 수백 년 동안 침체되었던 유가사상이 점점 대두되었는데, 이러한 정치적 배경에 부응하여 유가의 도통道統을 회복하고 실용적인 문학에 대한 요구가 제기되었다.

3) 발전과정

(1) 선도자

① 인물 : 유면柳冕을 비롯하여 진자앙陳子昂·이화李華 등이 선

도했다.

② 주장 : 유면은 문학의 예술적 가치를 부정하고 교화와 윤리에 근간을 두었다. “군자의 문장에는 반드시 도가 담겨 있어야 한다.(君子之文必有道.)”

③ 영향 : 유면의 주장은 유가의 문학이론을 정식으로 건립하여 한유와 유종원에 직접적인 영향을 미쳤을 뿐만 아니라 천여 년 동안 지속된 유가 도통문학의 정론이 되었다. 그러나 이론뿐이었고 창작이 뒷받침되지 않아서 복고의 위업을 완성할 수는 없었다.

(2) 주창자

① 한유韓愈 : 자는 퇴지退之.

* 학술사상 : 유가를 존숭하고 불교를 배척하는 존유배불尊儒排佛 사상을 견지했다.
* 문학관념 : “문이재도文以載道”. 문학과 유도儒道의 합일을 주장하여 교화와 실용이 문학의 최고 목적임을 강조했다. “도를 위해 문장을 배우고, 도를 위해 문장을 짓는다.(爲道而學文, 爲道而作文.)”
* 산문특색 : 풍격이 웅건·분방하고 변화가 다채로우며 명쾌하다. 언어가 정련되고 명확하며 선명하고 생동적이다. 표절을 반대하고 언어의 창조성을 강조했다. “말은 반드시 자신에게서 나와야 하고, 진부한 말을 없애는 데 힘쓴다.(言必己出, 務去陳言.)” 상상력이 풍부하고 비유를 잘 운용했다.
* 주요 작품 : 설리문 「원도原道」·「사설師說」, 서정문 「송맹동야서送孟東野序」, 서사문 「장중승전후서張中丞前後叙」, 풍자문 「모영전毛穎傳」, 전기문 「유자후묘지명柳子厚墓誌銘」, 제문 「제십이랑문祭十二郎文」 등이 있다.

② 유종원柳宗元 : 자는 자후子厚.

* 학술사상 : 유교를 근본으로 하고 불교와 노장사상 등을 수용했다.
* 문학관념 : "문이명도文以明道". 문학내용상의 윤리와 문학형식상의 수사를 함께 중시했다. 즉 도는 도 대로 유가적인 도통을 지니되 문학은 그 예술적인 형식을 빌려 사상을 개혁하고 천명해야 한다고 주장했다.
* 산문특색 : 풍격이 웅심雄深·아건雅健·청려淸麗 등 다양하고, 언어가 유려하고 비유와 상징성이 강하며, 내용상 현실에 대한 비판과 풍자성이 강하다.
* 주요 작품 : 설리문 「동엽봉제론桐葉封弟論」, 전기문 「동구기전童區寄傳」·「종수곽탁타전種樹郭橐駝傳」, 우언문 「3계三戒」·「포사자설捕蛇者說」, 유기문 「영주팔기永州八記」, 서정문 「우계시서愚溪詩序」 등이 있다.

③ 영향 : 한유와 유종원은 이론뿐만 아니라 창작에서도 뛰어난 성과를 올려 명실 공히 당대 고문운동의 대표자로서 후대 송대의 구양수歐陽修 등이 모두 그들의 영향을 받았다.

(3) 계승자

① 인물 : 이고李翶·황보식黃甫湜·손초孫樵 등.

② 주장 : 한유와 유종원을 계승하여 이론과 창작을 겸비하면서 변려문을 반대하고 산체문散體文의 건립을 주장했다.

4) 후대 문학에 끼친 영향

(1) 장점

① 평이하고 질박한 산문을 제창하여 공허하고 화려한 변려문을 쇠퇴시켰다.

② 문학의 실용성을 주장하여 극단적인 개인주의와 유미주의 사조를 일소했다.

③ 순수한 산문창작에 힘을 기울여 문학상 훌륭한 경지를 이룩했다.

(2) 단점

① 문학의 진화원리를 홀시한 복고설은 후대 귀고천금貴古賤今의 완고한 문학 관념을 조성했다.

② 문학의 실제적인 공효성을 지나치게 중시하여 문학이 윤리도덕의 부속물이 됨으로써 예술적인 생명과 미의 가치를 잃게 되었다.

③ 지나치게 고문을 중시하여 경·사·철학이 문학의 정통이 되고 순문학인 시·소설·희곡이 말류가 됨으로써 문학과 학술의 관념이 문란해졌다.

2. 만당 변려문의 재흥성

1) 흥성과정

당초에 남북조의 유풍을 답습하여 변려문이 계속 유행하다가, 한유와 유종원의 적극적인 반대로 잠시 주춤했으나 과거제도와 연관되어 지속되었으며, 당말과 오대五代에 이르러 다시 흥성하게 되었다.

2) 대표인물

이상은李商隱·온정균溫庭筠·단성식段成式이 대표한다. 이들의 항렬이 모두 16째이므로 그 문체를 '3십육체三十六體'라고도 한다.

제18장

당대 전기소설

1. 명칭의 유래

당대 배형裴鉶의 소설집 『전기傳奇』라는 서명에서 유래했다.

2. 흥성원인

1) 선진시대의 신화와 전설, 『사기』 이후의 전기傳記 문학, 위진남북조의 지괴소설과 지인소설 등 유구한 전통을 계승했다.
2) 도시경제의 번영으로 풍부한 소재를 제공받았다.
3) 도교와 불교를 비롯한 여러 종교사상이 유입되어 내용이 다양해졌다.
4) 당대에 흥성한 고문운동이 전기 창작에 적합한 문체를 제공했다.
5) 과거 응시자들이 시험관에게 미리 자신의 글을 보내 재능을 인정받고자 했던 행권行卷과 온권溫卷의 풍습이 전기의 창작을 촉진시켰다.

3. 분류 및 대표 작가와 작품

1) 신괴류
   (1) 내용 : 위진남북조 지괴소설을 계승하여 신선고사·불교설화·민간전설·요괴담 등을 제재로 했다.
   (2) 주요 작품 : 왕도王度의 『고경기古鏡記』, 작자 미상의 『보강총백원전補江總白猿傳』 등이 있다

2) 풍자류(몽환류夢幻類)

(1) 내용 : 비현실적인 소재와 상징적인 묘사를 통해 부귀공명과 인생에 대한 환멸을 표출함으로써 현실을 풍자했다.

(2) 주요 작품 : 심기제沈旣濟의 『침중기枕中記』, 이공좌李公佐의 『남가태수전南柯太守傳』 등이 있다.

3) 애정류

(1) 내용 : 남녀의 애정을 제재로 한 것으로 전기소설 가운데 문학적인 가치가 가장 높다. 이는 다시 인간과 신녀·귀신과의 애정을 묘사한 것, 재자가인의 사랑과 이별을 묘사한 것으로 나눌 수 있다.

(2) 주요 작품 : 장작張鷟의 『유선굴遊仙窟』, 진현우陳玄祐의 『이혼기離魂記』, 장방蔣防의 『곽소옥전霍小玉傳』, 백행간白行簡의 『이와전李娃傳』, 원진元稹의 『앵앵전鶯鶯傳』 등이 있다.

4) 호협류

(1) 내용 : 협객의 의로운 행위를 위주로 하고 정치사건과 애정고사를 삽입하여 내용이 비교적 복잡하다.

(2) 주요 작품 : 두광정杜光庭의 『규염객전虯髥客傳』, 심아지沈亞之의 『풍연전馮燕傳』, 설조薛調의 『무쌍전無雙傳』 등이 있다.

5) 역사류

(1) 내용 : 역사적인 사건을 제재로 취하여 적당한 허구를 가미한 것으로 시대성과 사회성이 농후하다.

(2) 주요 작품 : 진홍陳鴻의 『장한가전長恨歌傳』·『동성노부전東城老父傳』, 곽식郭湜의 『고력사외전高力士外傳』 등이 있다.

4. 중국소설사상 의의

1) 의식적인 창작

문인들이 의식적으로 소설을 창작하고 그것을 하나의 문학작품으로 인정하여 소설에 대한 인식이 제고되었다.

2) 편폭의 확장

위진남북조 소설은 짤막한 고사로 이루어졌는데, 전기소설은 구성과 내용이 상당히 복잡한 장편의 고사로 발전했다.

3) 내용의 확대

특히 인간 사회의 다양한 제재를 취해 현실성이 보다 강한 폭넓은 내용을 갖추었다.

5. 특징

1) 구성이 완정하고 고사 전개에 기복이 많다.
2) 등장인물의 성격이 선명하게 드러나고 묘사가 세밀하다.
3) 언어가 생동감 있고, 인물의 대화가 구어에 가까우며, 산문과 시가의 장점을 아울러 갖추었다.

6. 영향

전기소설 가운데 우수한 작품들은 후대의 문언소설, 송원 화본話本과 명청 의화본擬話本 등의 백화소설, 원대 잡극雜劇과 명청 전기傳奇를 포함한 희곡의 창작에 많은 소재와 묘사기교 등을 제공했다.

제19장 당대 변문

1. 명칭

1) 의미 : 불경변상지문佛經變相之文이란 뜻이다.

2) 별칭 : 불곡佛曲·속문俗文·강창문講唱文이라고도 한다.

2. 발견

1907년 5월 감숙성甘肅省 돈황敦煌 천불동千佛洞 석실에서 헝가리의 지리학자 스타인Mark Aurel Stein이 대량의 필사문헌과 도화를 처음으로 발견했다.

3. 내원

1) 불교 교리의 전파 수단

이해하기 어려운 불교 교리를 널리 전파하기 위해 불경의 내용을 통속적인 고사로 바꾸는 동시에 음악적인 성분을 가미하여 일반인들이 쉽게 기억할 수 있도록 했는데, 이것을 속강俗講이라고 하며 속강을 문자로 정착시킨 것이 변문이다.

2) 불경의 독법讀法 수단

남북조와 수대에 이미 불경 독법의 수단으로 전독轉讀(정확한 음조와 박자로 불경을 낭송), 범패梵唄(불교 교의를 찬송하는 노래), 창도

唱導(불도의 강연과 설법)가 있었는데, 그 안에 이미 강창講唱의 수법이 들어 있었다.

4. 형식

1) 먼저 산문으로 불경의 뜻을 강술한 뒤 다시 한 번 운문으로 노래하는 방식으로, 산문과 운문의 내용이 중복된다.
2) 산문으로 고사의 실마리를 풀어낸 뒤 이어서 운문으로 자세히 서술하는 방식으로, 산문과 운문의 내용이 중복되지 않는다.
3) 산문과 운문을 혼용하여 구분 없이 사용하는 방식이다.

5. 내용

1) 불사佛事에 관한 것

불교 경전에서 제재를 취한 불교설화로서 『유마힐경변문維摩詰經變文』, 『항마변문降魔變文』, 『대목건련명간구모변문大目乾連冥間救母變文』 등이 있다.

2) 사사史事 및 잡사雜事에 관한 것

역사적인 사실이나 인물에 관한 고사를 변문의 형식을 빌려 강술한 것으로, 이는 변문이 점차 불경과의 관계를 떠나 민중오락으로 발전했음을 의미한다. 『순자지효변문舜子至孝變文』, 『오자서변문伍子胥變文』(일명 『열국전列國傳』), 『왕소군변문王昭君變文』(일명 『명비전明妃傳』), 『장의조변문張義潮變文』(일명 『서정기西征記』) 등이 있다.

6. 영향

1) 설화說話와 직접 연계되어 송대 화본話本 소설의 발생에 영향을 미쳤다.
2) 강창문학의 시조로서 고자사鼓子詞·제궁조諸宮調·탄사彈詞·보권寶卷 등과 직결되는 강창문학의 계보를 형성했다.
3) 희곡에서 창唱과 백白을 겸용하는 것은 변문의 계시와 영향을 받은 것이다.
4) 장편소설 중간에 때때로 시·사·부 등을 삽입하는 것도 변문의 영향을 받은 것이다.

제20장 당오대 사

1. 별칭

곡자사曲子詞 · 악부樂府 · 신성新聲 · 여음餘音 · 별조別調 · 전사塡詞 · 장단구長短句 · 시여詩餘 등 다양한 별칭이 있다.

2. 기원

1) 『시경』설

『시경』 시의 구식句式이 자유롭고 사와 마찬가지로 노래의 가사였다는 점에서 『시경』에서 그 근원을 찾는다.

2) 악부설

양한과 위진남북조 고악부의 장단구를 이어받아 형성됐다는 설이다.

3) 시여설

당대 근체시가 가창할 수 있도록 장단구로 변했다는 설이다.

4) 종합설

외국에서 전래된 호악胡樂과 민간 가곡인 속악俗樂의 영향으로 형성되었다는 설이다.

3. 연변

1) 선구

양 무제의 「강남농江南弄」과 심약의 「육억六憶」 등의 작품에 각각 7언과 3언, 3언과 5언이 섞인 장단구가 나타난다.

2) 성립

성당의 이백이 지었다고 하는 「보살만菩薩蠻」, 중당 장지화張志和의 「어가자漁歌子」와 백거이白居易의 「장상사長相思」를 비롯하여 그밖에 사와 근접한 많은 작품이 출현한 것으로 보아 성당과 중당 시기에 성립된 것으로 보인다.

4. 특징

1) 매 수의 사에는 모두 음악적인 곡조를 나타내는 사패詞牌가 있는데, 각 사조詞調에는 정해진 구수句數가 있고 각 구에는 정해진 자수가 있으며 각 자에는 정해진 성조가 있다.
2) 한 수의 사는 대부분 몇 개의 단으로 나눠지는데 2단으로 된 것이 가장 많다. '단'은 노래의 '절'에 해당한다.
3) 압운은 위치가 일정치 않아 시에서 사용하는 격구운隔句韻과는 다르다.
4) 사구詞句는 장단이 일정하지 않아 긴 것은 10여 자에 이르기도 하고 짧은 것은 1자 뿐인 경우도 있다.

5. 돈황 민간사

1) 창작연대 : 당 현종 시대부터 당말·오대까지 창작된 것으로 보인다.

2) 작품수량 : 왕중민王重民의 『돈황곡자사집敦煌曲子詞集』에는 161수가, 임이북任二北의 『돈황곡교록敦煌曲校錄』에는 545수가 집록되어 있다.
3) 내용 : 병사의 고통, 남편을 그리는 아내의 슬픔, 남녀의 연정, 기녀의 신세, 강호에 숨어 사는 은자의 삶 등을 노래했다.
4) 풍격 : 평이하고 소박하고 진솔하다.

6. 만당의 문인사

1) 시대특징
사의 초창기로서 민간사가 유행함에 따라 문인들도 참여하게 되었다.

2) 대표작가 : 온정균溫庭筠.
(1) 특징 : 사어는 농염하고 섬세하며, 표현기교는 은유적이고 함축적이다.
(2) 작품 : 『화간집花間集』에 66수가 수록되어 전한다.
(3) 지위 : 최초의 전문적인 사 작가로서, 그에 의해 사가 정식 문학양식으로 형성되어 운문사상 시와 대등한 위치를 차지할 수 있게 되었으며, 수사와 의경意境 면에서 시와는 판이하게 다른 사 작품이 창작되었다.

7. 오대의 사

1) 시대특징
사의 발달기로서 중국 최초의 사집詞集과 뛰어난 사인이 배출되었다.

2) 주요사집 : 『화간집花間集』.

(1) 편찬자 : 후촉後蜀의 조숭조趙崇祚가 편찬한 중국 최초의 사집이다.

(2) 수록작품 : 18명 작가의 500수를 수록했다.

(3) 사풍 : 온정균의 사풍을 모방하여 대부분 염려하고 여성적인 성향이 강하다. 후대에 이들을 '화간파'라 부른다.

3) 주요작가

(1) 위장韋莊 : 전촉前蜀의 사인으로, 소박하고 알기 쉬운 언어로 심경을 꾸밈없이 묘사했다. 사집으로 『완화집浣花集』이 있다.

(2) 풍연사馮延巳 : 남당南唐의 사인으로, 뜻이 깊고 문사가 미려하며 언어가 청신하다. 사집으로 『양춘집陽春集』이 있다.

(3) 이경李璟 : 남당의 중주中主로, 감정이 진지하며 풍격이 청신하고 소박하다. 『남당이주사南唐二主詞』에 【완계사浣溪沙】 3수가 실려 있다.

(4) 이욱李煜 : 남당의 후주後主로, 망국 이전의 작품은 온화하고 미려하나 망국 이후의 작품은 비장하고 애수에 차 있다. 【낭도사浪淘沙】·【우미인虞美人】 등은 당시의 독보적인 작품으로 '사성詞聖'이라는 칭송을 받았다. 『남당이주사』에 40여 수가 수록되어 있다.

4) 평가

(1) 만당 온정균의 사풍을 계승 발전시켜 사의 독립된 지위를 강화시켰다.

(2) 중국 사의 전성기인 송대의 사인과 작품에 많은 영향을 미쳤다.

송금대 문학

960 ~ 1279

제21장 송대 사

1. 송사의 발전 원인

1) 상업경제의 발달

송대의 도시경제가 발달함에 따라 가무와 연회가 성행했는데, 사는 원래 음악과 밀접한 관계가 있기 때문에 이러한 사회 환경을 바탕으로 사인과 사의 감상층이 확대되었다.

2) 사체詞體 자체의 발전

중국 시는 당대에서 내용과 형식을 막론하고 더 이상 발전할 여지가 없을 정도로 최고의 경지에 도달했기 때문에 문인들이 부득이 새로운 형식을 모색할 수밖에 없게 되었는데, 여기에서 송대의 사가 새롭게 발전할 계기가 조성되었다.

3) 군주와 귀족의 적극적인 제창

송대의 군주와 귀족들이 다투어 사를 짓고 사인들을 장려함에 따라 송사가 번성하게 되었다.

4) 사패詞牌 수량의 증가

소령小令은 물론이고 편폭이 긴 장조長調(대령)의 사가 대부분 송대에 지어졌으며, 음률에 정통한 사인들이 새로운 곡조를 창작할 수 있게 됨에 따라 사가 질량적으로 급속히 발전했다.

5) 도학에 대한 반작용

송대 사상계를 지배한 도학가들의 도학관념이 순수한 시문의 창달을 구속하자 이에 대한 반동으로서 사가 발전하게 되었다.

2. 북송의 사

1) 제1기

오대의 여향기로, 송사가 발전하기 시작한 시기다.

(1) 사풍 : 오대 사단詞壇의 영향에서 아직 벗어나지 못했으며, '청절淸切'하고 '완려婉麗'하며 '완약婉約'한 풍격을 띠었다.

(2) 형식 : 대부분 소사小詞(소령) 위주의 단사短詞다.

(3) 내용 : 완약한 서정을 노래한 귀족문학적 성격이 강하다.

(4) 대표작가 : 구양수歐陽修 · 안수晏殊 · 안기도晏幾道 등.

① 구양수 : 자는 영숙永叔. 완약파의 대가로, 사풍은 여성적인 서정과 섬세한 감상 및 유염柔艶한 정조가 깃들어 있다. 사집으로 『육일거사사六一居士詞』와 『취옹금취외편醉翁琴趣外篇』이 있다.

② 안수 : 자는 동숙同叔. 사풍은 온유하고 완약하며 부귀한 맛이 있다. 사집으로 『주옥사珠玉詞』가 있다.

③ 안기도 : 자는 소산小山. 안수의 아들이다. 사풍은 섬세하고 애상적이다. 사집으로 『소산사小山詞』가 있다.

2) 제2기

형식의 전변기로, 형식상 화려함을 추구한 시기다.

(1) 사풍 : '섬약纖約'하고 '기려綺麗'하며 '비량悲涼'한 풍격을 띠었다.

(2) 형식 : 만사慢詞(대령) 위주의 장사長詞가 많았으며, 사패 아래에 부제副題를 달기도 했다.

(3) 내용 : 도시인들의 사랑과 애환을 노래한 민중문학적 성격을 띠었으며, 시정에서 쓰는 속어를 거침없이 운용했다.

(4) 대표작가 : 유영柳永 · 장선張先 등.

① 유영 : 자는 기경耆卿. 만사의 창시자로 평생 사작詞作에 몰두했다. 우리나라 『고려사高麗史』「악지樂志」에도 그의 사가 실려 있다. 사집으로 『악장집樂章集』이 있다.

* 내용 : 기녀들의 생활을 묘사하여 그들의 고통과 소망을 반영하고, 객지생활을 묘사하여 강호를 유랑하는 감상을 펴냈으며, 도시의 번영을 묘사하여 민간의 풍속을 반영했다.
* 특징 : 사의 제재를 확대하고, 대량의 만사를 창작했으며, 사의 표현기교를 발전시키고, 음률이 조화롭고 속어를 사용하여 통속성이 강하다.
* 영향 : 내용상의 혁신과 예술상의 성공으로 소식蘇軾 · 진관秦觀 · 주방언周邦彦 · 신기질辛棄疾 등의 사인에게 영향을 미쳤고, 언어의 통속화로 새로운 악곡의 창작을 촉진시켰으며, 강창문학과 희곡문학에도 영향을 미쳤다.

② 장선 : 자는 자야子野. 소령은 안수 · 구양수 등과 병칭되고 만사는 유영과 병칭되었다. 사재詞才는 유영보다 못했지만 사운詞韻은 그보다 뛰어나 '운고韻高'라고 칭송되었다. 사집으로 『장자야사張子野詞』(일명 『안릉사安陵詞』)가 있다.

3) 제3기

사풍의 전변기로, 풍격상 호방함을 추구한 시기다.

(1) 사풍 : '호방豪放'하고 '광달曠達'한 풍격을 띠었다.

(2) 대표작가 : 소식蘇軾.

* 소식 : 자는 자첨子瞻. 호방파의 대가로, 사집으로 『동파악부東

坡樂府』가 있다.

① 형식 : 만사의 형식을 계승했지만 전고·산문·구어·허사 등을 운용하여 음률의 제한을 과감히 돌파했다.

② 풍격 : 이전 사인들의 완약한 정서를 떨쳐버리고 분방하고 웅장한 기풍을 수립했다.

③ 특징 : 사와 음악을 분리시켜 읽는 사를 짓고, 시로써 사를 지어 사의 시화詩化를 시도했으며, 사경詞境을 확대하고 개성이 강한 표현을 추구했다.

(3) 소식 계열의 작가 : 왕안석王安石(『임천선생가곡臨川先生歌曲』), 황정견黃庭堅(『산곡사山谷詞』), 조보지晁補之(『금취외편琴趣外篇』), 모방毛滂(『동당사東堂詞』) 등이 있다.

4) 제4기

사율의 발전기로, 음률상 격률미를 추구한 시기다.

(1) 사풍 : '아정雅正'하고 '전아典雅'한 풍격을 띠었으며, 내용은 완약하면서도 표현은 아정한 작품을 쓰려고 했다.

(2) 형식 : 사의 성률과 격조를 중시하고 사와 악부를 다시 결합했다.

(3) 대표작가 : 진관秦觀·하주賀鑄·주방언周邦彥·이청조李淸照 등. 송사의 정통파로서 이들을 '격률사파' 또는 '악부사파'라고 한다.

① 진관 : 자는 소유少游. 소식과 유영의 장점을 취했다. 사집으로 『회해사淮海詞』(일명 『회해거사장단구淮海居士長短句』)가 있다.

② 하주 : 자는 방회方回. 사율이 엄정하고 사구가 세련되었다. 사집으로 『동산사東山詞』(일명 『동산우성악부東山寓聲樂府』)가 있다.

③ 주방언 : 자는 미성美成. 격률사파의 대가로서 송사의 집대성

자다. 사집으로 『청진사집淸眞詞集』(일명 『편옥집片玉集』)이 있다.

* 형식 : 엄정한 사율을 완성했다.
* 표현 : 의상意象에만 치중하지 않고 언어의 단련과 음률의 조화에 힘씀으로써 정교하고 전아한 기풍을 이루었다.
* 내용 : 영물사詠物詞가 대부분이다.
* 결점 : 엄정한 격률이 작자의 개성이나 창의성을 제약하여 내용이 다양하지 못하다.

④ 이청조 : 호는 이안거사易安居士. 전기의 사풍은 청신하고 발랄하나 후기의 사풍은 침통하고 처량하다. 사집으로 『수옥사漱玉詞』가 있다.

* 사론 : 사의 '별시일가別是一家'를 강조하고, 고아高雅·혼성渾成·협률協律·전중典重·포서鋪敍·고실故實을 주장했다.

3. 남송의 사

1) 전기

(1) 시대환경 : 북송이 금金나라에 멸망하여 비분강개의 격정이 끓어오르던 시기다.

(2) 사풍 : 소식의 사풍이 부활했으며, 격정적이면서도 비애미가 감돈다.

(3) 내용 : 대부분 애국적인 충정과 나라 잃은 비통함을 노래했다.

(4) 형식 : 산문화 또는 백화화의 경향을 보인다.

(5) 주요작가 : 주돈유朱敦儒·신기질辛棄疾·육유陸游 등. 이들을 '백화사파'라고 한다.

① 주돈유 : 자는 희진希眞. 한적한 풍격으로 백화에 가까운 사

를 지었다. 사집으로 『초가樵歌』가 있다.

② 신기질 : 호는 가헌稼軒. 호방한 필치로 애국충정을 표현했다. 사집으로 『가헌장단구稼軒長短句』가 있다.

* 형식 : 시·사의 한계를 타파하고 나아가 시·사·산문을 종합하여 사의 형식을 해방했다.
* 내용 : 구세애국救世愛國의 열정에서부터 인도주의 사상, 정치, 산수 등의 묘사에 이르기까지 내용을 확대했다.
* 풍격 : 호방한 기백, 온유한 감정 및 진지한 문학정신으로 풍격의 다양화를 이루었다.

③ 육유 : 호는 방옹放翁. 사풍은 신기질과 비슷하다. 사집으로 『방옹사放翁詞』(일명 『위남사渭南詞』)가 있다.

2) 후기

(1) 시대환경 : 전란기를 지나 다시 도시경제가 발달하자 문인들 사이에서 망국의 슬픔을 잊고 다시 향락을 추구하는 풍조가 생겼다.

(2) 사풍 : 주방언의 사풍이 부활했으며, 단아하고 정교하다.

(3) 내용 : 현실이 반영되어 있지 않은 영물사가 대부분이다.

(4) 형식 : 엄정한 격률과 화려한 조탁을 추구했다.

(5) 대표작가 : 강기姜夔·사달조史達祖·오문영吳文英·주밀周密·장염張炎 등. 이들을 '격률사파'(또는 '고전사파')라고 한다.

① 강기 : 호는 백석도인白石道人. 남송 격률사파의 우두머리로서, 중국 사의 형식미를 최고점에 올려놓았다. 사집으로 『백석사白石詞』가 있다.

* 예술성취 : 음악에 정통하여 새로운 곡조를 작곡하고, 자구의 조탁에 힘써 전아한 표현미를 살렸으며, 함축미가 뛰어나고

음운이 매우 조화롭다. 암유暗喩와 연상聯想 등의 수법을 사용하여 영물과 서정의 조화를 꾀했으며, 단행산구單行散句를 많이 사용하여 의도적으로 파격미를 살렸다.

② 사달조 : 자는 방경邦卿. 전아한 영물사를 많이 지었다. 사집으로 『매계사梅溪詞』가 있다.

③ 오문영 : 호는 몽창夢窗. 함축미와 조탁에 힘썼다. 사집으로 『몽창사夢窗詞』가 있다.

④ 장염 : 자는 숙하叔夏. 송사를 끝맺음한 작가다. 사집으로 『산중백운사山中白雲詞』가 있고, 사론집詞論集으로 『사원詞源』이 있다.

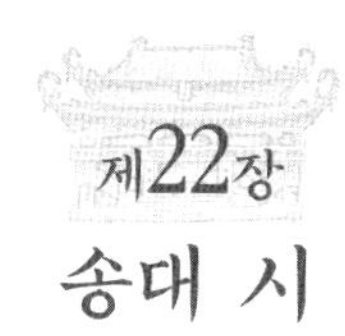

제22장 송대 시

1. 송시와 당시의 비교

1) 격조

당시는 웅혼한 맛이 있고, 송시는 섬세하고 공교롭다.

2) 수법

당시는 순수한 서정을 솔직히 펴냈고, 송시는 송대 이학理學의 영향을 받아 설리說理에 치중했다.

3) 경향

당시는 "시로써 시를 지은(以詩爲詩)" 순수한 시가라면, 송시는 "산문으로 시를 지은(以文爲詩)" 산문화된 시가라고 할 수 있다.

2. 유파와 주요작가

1) 서곤파西崑派

(1) 연원 : 만당 이상은李商隱의 시풍을 이어 받았다.

(2) 대표작가 : 송초 양억楊億·유균劉筠·전유연錢惟演 등. 이들이 서로 주고받은 시를 모아 『서곤수창집西崑酬唱集』이라 했는데, 여기에서 '서곤'이란 명칭이 유래되었다.

(3) 특징 : 대우와 전고를 중시하고 섬세함과 아름다운 표현을 숭상하여, 겉으로는 지극히 화미華美하지만 안으로는 내용이 없어 공

허하다.

2) 반서곤파

(1) 연원 : 당대 한유韓愈와 유종원柳宗元이 주장한 고문운동의 영향을 받았다.

(2) 선도자 : '백체白體'(서현徐鉉 · 왕우칭王禹偁 · 범중엄范仲淹 등)와 '만당체晩唐體'(구준寇準 · 위야魏野 · 임포林逋 등)의 시인들이 나와 서곤체와 다른 풍격의 시를 지었으나, 별다른 영향력을 발휘하지는 못했다.

(3) 중심인물 : 구양수歐陽修 · 소순흠蘇舜欽 · 매요신梅堯臣 등이 앞장서고 왕안석王安石 · 소식蘇軾 등이 뒷받침하여 서곤파를 압도했다.

① 구양수 : 새로운 풍격의 송시를 개척했으며, 중국 최초의 시화집詩話集인 『육일시화六一詩話』를 지었다.

* 작시 주장 : 형식보다는 내용을 중시하고, 수사보다는 기세와 풍격을 중시했으며, 이론의 전개를 허용하고, 묘사대상을 가리지 않았다.

② 소식 : 구양수의 제자로서 송시의 영역을 확대시켰다.

* 특징 : 풍부한 상상력, 치밀한 관찰력과 침착한 구상, 정情 · 경景 · 이理의 융화, 유 · 불 · 도의 사상적 조화를 추구했다.

(4) 특색 : 서곤체의 화미함과 만당의 유약함을 반대하고 청신 · 평담 · 호방 등을 추구하여 송시의 혁신을 꾀했다.

3) 강서시파江西詩派

(1) 연원 : 남송 여거인呂居仁이 『강서종파도江西宗派圖』를 지어 황정견黃庭堅 아래에 25명의 시인을 열거했는데, 여기에서 '강서'의 명칭이 유래되었다.

(2) 대표작가 : 황정견을 우두머리로 하여 진사도陳師道 · 진여의陳與

義 등이 중심인물인데, 원대 방회方回는 이들이 모두 두보杜甫를 배우려 했다고 해서 '일조삼종一祖三宗'이라고 했다.

① 황정견 : 호는 산곡山谷. 소식의 제자로서 송시를 한 차원 높은 경지에 올려놓았다.

* 시론 : 조구법造句法으로서 환골법換骨法과 탈태법脫胎法을 운용하고, 평측이 격률에 어긋나는 요체拗體를 사용하여 새로운 리듬을 추구했으며, 진부하고 속된 표현을 배척하고 특이하고 억센 표현을 추구했으며, 한 글자 한 글자마다 그 내원을 밝혔다.
* 단점 : 환골법과 탈태법은 본래 표절의 우려가 있었고, 문학의 사상과 내용을 경시하고 형식주의에 매달릴 우려가 있었다. 황정견 자신도 이론과 실천을 완전히 일치시키지는 못했다.

② 진여의 : 자는 거비去非. 황정견과는 달리 자연스럽고 솔직한 서정과 서경으로 강서시파의 새로운 면모를 발전시켰다.

(3) 특색 : 창작태도가 진지하며, 청신하고 특이한 맛이 있다.

(4) 영향 : 남송대 시인 대부분에게 지대한 영향을 미쳤다.

4) 남송사대가

(1) 육유陸游 : 자는 무관務觀, 호는 방옹放翁. 중국 최대의 다작 시인으로 1만여 수를 지었다. 초기의 시는 호탕하고 분방했으나 후기에는 한적하고 담백하게 바뀌었다. 능히 일가를 이루어 강서시파를 답습하지 않았다.

(2) 양만리楊萬里 : 자는 정수廷秀, 호는 성재誠齋. 그의 시는 전원의 맛이 나며 유머와 해학이 가미되어 통속적이고 이해하기 쉽다.

(3) 범성대范成大 : 자는 치능致能, 호는 석호거사石湖居士. 그의 시는 담담하고 청신하며 전원과 산수의 경물을 묘사한 것이 많다.

(4) 우무尤袤 : 자는 연지延之, 호는 수초遂初. 그의 시는 평담하고 질박하며 시절을 슬퍼한 작품이 많다.

5) 영가사령永嘉四靈

(1) 작가 : 서조徐照(영휘靈輝), 서기徐璣(영연靈淵), 옹권翁卷(영서靈舒), 조사수趙師秀(영수靈秀)를 말한다. 이들은 모두 영가 출신이고 자나 호에 모두 '영靈'자가 있어서 그렇게 부른다.

(2) 주장 : 백화체로 시를 짓고 청신함과 유창함을 주장하여 강서시파에 반대했으나 별로 성과를 거두지 못했다.

6) 강호파江湖派

(1) 연원 : 진기陳起가 펴낸 『강호집江湖集』과 『강호후집江湖後集』에서 명칭이 유래되었다.

(2) 대표작가 : 강기姜夔 · 유극장劉克莊 · 대복고戴復古 등.

* 강기 : '귀독창貴獨創', '귀고묘貴高妙', '귀풍격貴風格'을 주장했다.

(3) 특색 : 강서시파에 염증을 느끼고 의식적으로 재야의 시인임을 내세웠으나 큰 성과는 없었다.

7) 유민시遺民詩

(1) 시대환경 : 남송이 원元나라에게 멸망당한 뒤에 숨어서 침통한 망국의 한을 노래했다.

(2) 대표작가 : 문천상文天祥 · 사고謝翶 · 임경희林景熙 등.

* 문천상 : 자는 송서宋瑞, 호는 문산文山. 그의 「정기가正氣歌」는 고금의 명시로 알려져 있다.

(3) 특색 : 망국의 통한과 비분이 충만하다.

제23장 송대 산문과 고문운동

1. 고문운동

1) 선도

(1) 대표인물 : 유개柳開 · 석개石介 · 목수穆修 · 윤수尹洙 등.

(2) 주장 : 만당晩唐의 농염한 문체와 서곤체西崑體의 화려함을 배격하고 '명도明道', '치용致用', '존한尊韓', '중산체重散體', '반서곤反西崑'을 주장했다.

(3) 성과 : 이들은 모두 문학가라기보다는 이학가였으므로 복고의 주장은 강렬했지만 창작적인 뒷받침이 없어서 그다지 큰 성과는 거두지 못했다. 그러나 송초 고문운동이 발전할 기초는 충분히 다졌다.

2) 계승과 발전

(1) 대표인물 : 구양수歐陽修를 중심으로 한 소식蘇軾 · 증공曾鞏 · 왕안석王安石 등 이른바 당송팔대가의 강력한 고문운동 집단이다.

(2) 주장 : 유개 · 석개 등의 이론을 계승 발전시켜 '명도'와 '치용'의 기치 아래 '문도병중文道並重', '문리자연文理自然', '자태횡생姿態橫生'을 주장했다.

(3) 성과 : 이들은 모두 뛰어난 문학가로서 이론은 물론 창작에서도 훌륭한 작품을 많이 남김으로써, 한유 · 유종원 이래 이어져온 복고의 대업을 완수하여 송대의 문단에 지대한 영향 미쳤다.

2. 북송의 주요 산문가

1) 구양수

송대 문단의 영수로서 특히 고문운동을 성공으로 이끈 장본인이다. 문집으로 『구양문충집歐陽文忠集』이 있다.

(1) 문풍 : 평이하고 자연스럽다.

(2) 한유와의 비교

① 풍격 : 한유는 기운차고 통쾌한(陽剛) 반면, 구양수는 부드럽고 함축적이다(陰柔).

② 경향 : 한유는 도에 치중한 반면, 구양수는 문통文統과 도통道統의 조화에 힘썼다.

③ 문학론 : 한유는 '불평즉명不平則鳴'을 주장했고, 구양수는 '궁이후공窮而後工'을 주장했다.

(3) 대표작품 : 「붕당론朋黨論」·「취옹정기醉翁亭記」 등이 있다.

2) 증공

자는 자고子固. 구양수의 수제자다. 『원풍류고元豊類稿』가 있다.

(1) 문풍 : 전아하고 섬약纖弱하다.

(2) 대표작품 : 「선대부집후서先大夫集後序」 등이 있다.

3) 소순蘇洵

자는 명윤明允. 구양수의 인정을 받아 이름을 날렸다. 『가우집嘉祐集』이 있다.

(1) 문풍 : 기세가 드높고 엄숙하다.

(2) 대표작품 : 「권서權書」·「형론衡論」 등이 있다.

4) 소식

호는 동파東坡. 소순의 장자다. 『동파집』이 있다.

(1) 문풍 : 거침없고 유창하며 독창적이다.

(2) 특징 : 내용이 정론政論·사론史論·서정·서사문 및 잡문 등 광범위하고, 필법이 광달曠達하며, 구상이 자유분방하고, 언어가 청신하고 정련되어 있으며, 묘사수법이 다채롭다.

(3) 대표작품 : 「적벽부赤壁賦」·「석종산기石鐘山記」 등이 있다.

5) 소철蘇轍

자는 자유子由. 소식의 동생이다. 『난성집欒城集』이 있다.

(1) 문풍 : 경쾌하고 민활하다.

(2) 대표작품 : 「주론周論」·「육국론六國論」 등이 있다.

6) 왕안석王安石

자는 개보介甫. 송대의 대정치가이자 문학가로, 신법新法을 추진했다. 『임천집臨川集』이 있다.

(1) 문풍 : 간결하면서도 기상이 특출하다.

(2) 대표작품 : 「독맹상군전讀孟嘗君傳」 등이 있다.

7) 기타

범중엄范仲淹의 「악양루기岳陽樓記」, 사마광司馬光의 『자치통감資治通鑑』 등이 유명하다.

3. 남송의 주요 산문가

1) 도학파

(1) 주장 : 문채는 고려하지 않고 '재도載道'에만 목표를 두어 문학무용론까지 나왔다.

(2) 문풍 : 평이하여 이해하기는 쉬우나 문학성은 결여되어 있다.

(3) 문체 : 평이한 백화로 기록한 어록체語錄體가 특징이다.

(4) 대표작가 : 주돈이周敦頤 · 장재張載 · 정호程顥 · 정이程頤 · 주희朱熹 등.

(5) 영향 : 송대 백화문의 발전에 지대한 영향을 미쳤다.

2) 공리파

(1) 주장 : 정치 · 경제 등 실용적인 공용성功用性에 역점을 두었다.

(2) 문풍 : 도학파와 비슷하다.

(3) 대표작가 : 진량陳亮 · 섭적葉適 등.

4. 어록체 산문의 발전

1) 원류 : 선진시대의 『논어』 · 『맹자』에서 비롯되었다.

2) 원인

(1) 도학의 유행 : 성리학의 발달과 함께 도학가들이 자신의 의견을 표현하기 위해 사용한 알기 쉬운 구어가 제자들에 의하여 기록되었다.

(2) 산문의 발달 : 고문운동이 성공을 거두어 평이한 산문이 점점 구어에 가까워졌다.

3) 특징 : 대부분 문답체와 대화체의 평이한 구어로 인생의 도리를 설파했다.

4) 대표작품 : 『주자어록朱子語錄』 등이 있다.

5) 영향 : 남송의 소설을 비롯한 민중문학의 발전에 많은 영향을 미쳤다.

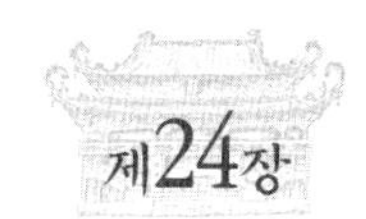

제24장 송대 소설

1. 화본話本소설

1) 화본의 정의 : 전문적인 이야기꾼인 설화인說話人 또는 설서인說書人의 대본을 말한다.

2) 내원 : 불교포교를 주요 목적으로 한 당대唐代 변문變文의 강창문학에서 비롯되었다.

3) 발전 원인

(1) 문학내적 요인

① 백화를 많이 사용한 성리학자들의 어록체 문장이 성행했다.

② 속어의 사용을 피하지 않은 사詞의 영향으로 속문학이 발전했다.

③ 설화인이 자기의 비본秘本을 전해서 세상에 공개했다.

④ 문인들이 부분적으로 설화인과 배우들을 위해 화본과 극본을 편찬했다.

(2) 문학외적 요인

① 인쇄술의 발달로 일반 평민들이 손쉽게 책을 구할 수 있게 되었다.

② 평민세력의 대두와 이민족과의 잡거雜居로 인해 속문학의 요구가 증대되었다.

③ 서방書坊의 주인이 이익을 위해 문인들에게 화본을 정리하고

편찬하게 했다.

4) 설화사가說話四家

(1) 소설小說

① 종류 : 고금의 인정세담人情世談이나 괴이한 이야기를 주로 다룬 은자아銀字兒, 재판이나 협객담을 주로 다룬 설공안說公案, 전쟁이나 영웅고사를 주로 다룬 설철기아說鐵騎兒로 나뉜다.

② 형식 : 대체로 단편 화본이다.

③ 작품 : 『경본통속소설京本通俗小說』에 9종의 화본이 실려 있다. 그밖에 명대 홍편洪楩이 편찬한 『청평산당화본清平山堂話本』과 풍몽룡馮夢龍이 편찬한 『삼언三言』에 송대의 화본이 실려 있다.

④ 영향 : 후대 단편백화소설로 발전했다.

(2) 강사서講史書

① 내용 : 역사적인 사건이나 인물에 관한 이야기다.

② 형식 : 대부분 장편 화본인데, 이를 '평화平話'라고도 한다.

③ 주요 작품

* 『신편오대사평화新編五代史平話』 : 총 10권. 『삼국지연의三國志演義』나 『수당연의隋唐演義』와 같은 역사소설의 선구가 되었다.
* 『대송선화유사大宋宣和遺事』 : 총 2집集 10절. 『수호전水滸傳』의 저본이 되었다.
* 『대당삼장법사취경기大唐三藏法師取經記』 : 총 3권 17장. 『서유기西遊記』의 저본이 되었다. 담경류에 분류하기도 한다.

④ 영향 : 후대 장회체章回體 장편백화소설로 발전했다.

(3) 담경談經 · 설참청說參請 · 설원경說諢經 : 불경을 비롯한 여러 가지 경전과 수도에 관한 이야기다. 당대 변문의 직계로서 명청대의 강창문학으로 발전했다.

(4) 합생合生 : 호악胡樂을 바탕으로 설화와 가무를 합친 형태로서 오늘날 '상성相聲'과 유사하다. 잡극雜劇에 속한다.

5) 화본의 체제

(1) 대부분 각 편마다 독립된 단편으로 되어 있다.

(2) 본화本話 앞에 청중의 흥미를 끌기 위한 인자引子가 있는데, 이 인자가 사詞로 되어 있으면 '사화', 시詩로 되어 있으면 '시화'라고 한다. 송대 설화인들은 이것을 '득승두회得勝頭迴'라고 불렀다.

(3) 본화를 시작할 때는 '화설話說', '각설却說', '차설且說'과 같은 상투적인 말을 사용하고, 끝날 때는 '뒷일이 어떻게 되었는지 알고 싶으면, 다음 회를 듣고 알아보시라(欲知後事如何, 且聽下回分解)'와 같은 말을 사용한다.

6) 화본의 문학적 지위

(1) 위로는 당대 변문을 이어받고 아래로는 명대 장회소설의 발전을 가져왔다.

(2) 진정으로 평민들의 사상과 감정에 부합하는 통속문학이 출현하여 문학영역의 신천지를 개척했다.

2. 문언소설

1) 문언소설의 집대성

(1) 『태평광기太平廣記』

① 편찬자 : 이방李昉 등이 송 태종太宗의 칙명을 받아 태평흥국

太平興國 3년(978)에 완성했다.

② 내용 : 선진시대부터 북송 초까지의 역사·지리·종교·민속·명물名物·전고典故·사장詞章·고증 등에 관한 문언필기소설을 광범위하게 채록했다.

③ 체재 : 총 500권, 92대류大類, 150여 소류小類로 구성되어 있다.

④ 가치 : 중국 고대 문언소설의 보고로서 송대 이전 소설의 변천과 발전 상황을 연구하는 데 귀중한 참고자료다. 특히 인용된 500여 종의 작품 가운데 절반가량이 현존하지 않는 것이어서 그 중요성이 지대하다.

(2) 『태평어람太平御覽』

① 편찬자 : 이방 등이 송 태종의 칙명을 받아 태평흥국 8년(983)에 완성했다.

② 내용 : 중국의 대표적인 유서類書(백과사전)로, 고대 문언필기소설이 많이 채록되어 있다.

③ 체재 : 총 1000권, 55부部, 4558류類로 구성되어 있다.

④ 가치 : 『태평광기』와 함께 중국 고대 문언소설의 보고다. 그러나 『태평광기』에 비해 고사 선택의 정채성이 결여되어 있으며 다소 번잡하다.

2) 주요 작가와 작품

악사樂史의 「양태진외전楊太眞外傳」, 진순秦醇의 「조비연별전趙飛燕別傳」, 홍매洪邁의 『이견지夷堅志』, 작자미상의 「매비전梅妃傳」·「이사사전李師師傳」 등이 있다. 대부분 당대 전기傳奇를 모방한 것으로 예술성은 그다지 높지 않다.

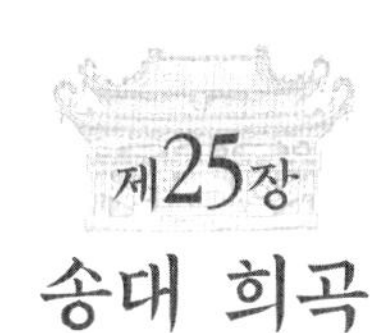

제25장 송대 희곡

1. 기원과 연변

1) 선진시대

무격巫覡이 제사드릴 때 추던 원시 가무의 형태가 존재했다.

2) 한대

가무희歌舞戲·골계희滑稽戲·괴뢰희傀儡戲·각저희角低戲·참군희參軍戲 등을 포함한 여러 가지 '백희百戲'가 성행했으며, 전문적인 배우가 등장했다.

3) 위진남북조

서역 음악의 영향으로 발두撥頭·답요낭踏搖娘과 같은 가무희가 특히 성행했다.

4) 당대

가무희가 더욱 발전했으며 골계희도 상당히 진보했다.

2. 송대 희곡의 종류

1) 골계희

가무 없이 해학과 풍자를 위주로 했는데, 당시에는 '잡극'이라 불렀다.

2) 가무희

음악·가무·언어·동작 등을 배합하여 그 구성과 형식이 골계희보다 진보했으나, 여전히 대언체代言體가 아닌 서사체敍事體였다. 대곡大曲과 곡파曲破 등이 여기에 속한다.

3) 강창희

노래와 고사를 위주로 하고 반주 악기와 표정 연출도 있지만, 정식 가무가 빠져 있었다. 고자사鼓子詞와 제궁조諸宮調 등이 여기에 속한다.

3. 송대의 희문

1) 별칭

남희문南戲文·남희南戲·온주잡희溫州雜戲 등으로도 불린다.

2) 형식

편폭이 잡극의 10배나 되고, 막에 해당하는 절折이나 척齣의 구분이 없다.

3) 작품

「장협장원張協狀元」·「소손도小孫屠」 등이 있다.

4) 영향

비교적 완전한 형식을 갖춘 중국 희곡의 출발로서, 명대 희곡인 전기傳奇에 영향을 미쳤다.

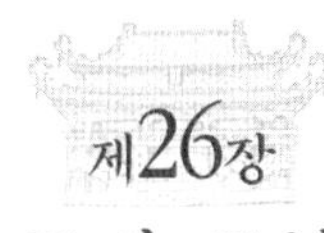

제26장 금대 문학

1. 희곡

1) 금대 희곡의 발달 원인

(1) 금나라의 북방 통일로 인해 정치적으로 안정되었다.

(2) 수도 연경燕京을 중심으로 대도시에 인구가 집중되었다.

(3) 농업과 상공업의 발달로 희곡 발전의 경제적인 뒷받침을 할 수 있게 되었다.

2) 원본院本

(1) 명칭 : '유행가무반游行歌舞班'(行院)이 공연할 때 사용한 대본이다.

(2) 내원 : 당대의 참군희參軍戲와 기타 가무 잡희雜戲, 북송의 잡극에서 발전되어 나왔다.

(3) 의의 : 송 잡극이 원 잡극으로 발전해가는 과도기의 역할을 수행했다.

3) 제궁조諸宮調

(1) 내원 : 민간 예인藝人이 당대의 속강俗講·변문變文, 당송의 사, 송대의 교방대곡敎坊大曲 및 당시에 유행하던 속곡俗曲 등을 흡수하여 창조해냈다.

(2) 형식 : 여러 궁조의 많은 단투短套를 연결하여 하나의 완전한 고사를 연출했다. 강講은 산문, 창唱은 운문을 사용했다.

(3) 작품 : 작자 미상의 『유지원제궁조劉知遠諸宮調』, 동해원董解元의 『서상기제궁조西廂記諸宮調』 등이 있다.

* 『서상기제궁조』 : 일명 『동서상董西廂』이라고도 한다.

① 작자 : 동해원董解元. '해원'은 당시 문인에 대한 통칭이다.

② 내원 : 당대 전기소설 『앵앵전鶯鶯傳』의 비극을 희극으로 개편했다.

③ 특징 : 사상과 내용이 심원하고, 구성예술이 치밀하며, 언어와 풍격이 우미優美하다.

④ 영향 : 원대 왕실보王實甫의 잡극 『서상기西廂記』의 바탕이 되었다.

2. 시가

1) 전기 : 건국 초기

(1) 내용 : 금나라에서 벼슬한 요遼·송宋의 구신舊臣들이 고국에 대한 그리움과 심적 고통을 주로 묘사했다.

(2) 주요작가 : 우문허중于文虛中·오격吳激·고사담高士談 등이 있다.

2) 중기 : 남송과의 화친 시기

(1) 내용 : 조탁과 모방으로 내용이 빈곤한 작품이 많이 나왔다.

(2) 주요작가 : 당회영黨懷英·조병문趙秉文·왕약허王若虛 등이 있다.

* 왕약허

① 대표작품 : 『호남시화滹南詩話』가 있다.

② 문학주장 : "문장자득文章自得"을 주장하고, "조탁이 너무 심하고 구상이 너무 지나친(雕琢太甚, 經營過深)" 문풍을 반대했다.

3) 후기 : 쇠망기

(1) 내용 : 국세가 기울고 사회가 불안하여 어지러운 시대에 상심하는 내용이 주조를 이루었다.

(2) 주요작가 : 원호문元好問 · 조원趙元 등이 있다.

* 원호문

① 대표작품 : 「논시절구삼십수論詩絶句三十首」.

② 문학주장 : 한漢 · 위魏에서 당唐 · 송宋에 이르는 역대 시인들의 작품을 비평했는데, 그 비평의 표준으로 '천연' · '고아' · '풍골' · '호방' · '청신' · '청담' · '독창' · '진성眞誠' 등을 주장한 반면, '조탁' · '비속' · '화미華靡' · '섬약' · '난삽' · '번잡' · '인습' · '가식' 등을 반대했다.

원대 문학

1279 ~ 1367

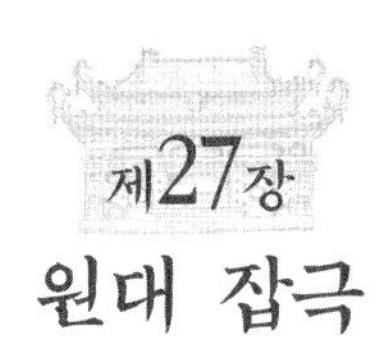

제27장 원대 잡극

1. 흥성원인

1) 희곡문학 자체의 발전

한대부터 이어져온 희곡문학의 성과를 계승하여 원대에 비로소 완벽한 형태의 잡극이 창작되었다.

2) 경제의 번영

희곡은 직접적으로 군중의 수요에 기초하기 때문에 이들의 오락문화를 뒷받침하는 도시경제의 번영이 잡극의 발전을 촉진했다.

3) 북방 민족 악곡의 전파

각 민족 간의 문화적인 교류로 북방 민족의 악곡이 전파되어 잡극이 새로운 전기를 마련하게 되었다.

4) 유학의 쇠미와 과거제도의 폐지

몽고족이 지배한 원대에는 유학이 침체되어 이제껏 비천하게 여겨졌던 희곡이 자유롭게 발전할 기회를 갖게 되었으며, 과거제도의 폐지로 경전 연구에 몰두했던 선비들이 일반문학에 눈을 돌리게 되어 잡극 예술이 진보하고 우수한 작가들이 많이 나오게 되었다.

2. 형식

1) 체제

대본 하나가 4절折(지금의 막에 해당)로 이루어지는 것이 원칙이다. 또한 맨 앞이나 중간에 설자楔子라고 하는 서막이나 간막이 삽입되기도 한다. 보통 하나의 극본은 4절 1설자로 구성된다.

2) 음률

매 절은 같은 궁조의 곡패曲牌로 조성된 하나의 투곡套曲이다.

3) 구성요소

한 절은 창唱(노래)·과科(동작)·백白(대화)의 3요소로 이루어지는데, 창이 가장 중요한 부분이다. 창은 남자나 여자 주인공이 혼자서 끝까지 불러야 한다. 남자 주인공이 창을 하는 극본을 말본末本이라 하고, 여자 주인공이 창을 하는 극본을 단본旦本이라 한다.

4) 배역

말末(남자 역, 주인공은 정말이라 함), 단旦(여자 역, 주인공은 정단이라 함), 정淨(남자 조연 역), 축丑(어릿광대 역)의 4대 각색脚色 외에 고孤(벼슬아치 역), 복아卜兒(할멈 역), 발로孛老(영감 역), 내아倈兒(아역), 방로邦老(건달 역) 등의 잡雜이 있다.

5) 극명劇名

전체 내용을 요약한 제목題目과 극의 정식 명칭인 정명正名을 끝에 붙여 마무리한다. 8자로 된 시 1~2구절로 되어 있으며, 일반적으로 정명 끝의 3~4자를 따서 약칭으로 쓴다.

3. 특성

1) 문장이 소박하고 표현이 솔직하다.
2) 현실적인 색채가 농후하여 실제 사회생활을 생생하게 묘사했다.
3) 북방의 구어·방언과 이민족의 언어를 혼용하여 표현예술 역량이 뛰어나다.

4. 전기 잡극

1) 특징
 (1) 지역 : 북방을 중심으로 성행했다.
 (2) 풍격 : 문장이 솔직하고 질박하다.
 (3) 내용 : 당시의 사회와 인간상을 잘 반영했다.
 (4) 작가 : 잡극을 대표하는 뛰어난 작가가 많이 나왔다.

2) 대표작가 : 원곡 4대가.
 (1) 관한경關漢卿 : 호는 기재수已齋叟. 원대 잡극의 대표자다.
  ① 성취 : 잡극의 제재를 확대하고, 자유로운 형식 추구로 희극과 비극을 잘 표현했으며, 언어풍격상 등장인물의 성격에 맞는 언어를 사용하여 생동감이 뛰어나고, 묘사기교상 인물의 형상화가 뛰어나고 음악성까지 곁들였으며, 창작수법상 현실주의적인 예술수법을 통해 당시의 혼란한 역사환경과 불합리한 사회제도를 밀도 있게 반영했다.
  ② 작품 : 『감천동지두아원感天動地竇娥冤』(『두아원』), 『조반아풍월구풍진趙盼兒風月救風塵』(『구풍진』), 『규원가인배월정閨怨佳人拜月亭』(『배월정』) 등이 있다.

③ 영향 : 양현지楊顯之(『임강역소상야우臨江驛瀟湘夜雨』), 고문수高文秀(『유현덕독부양양회劉玄德獨赴襄陽會』), 기천상紀天祥(『원보원조씨고아寃報寃趙氏孤兒』), 진간부秦簡夫(『동당노권파가자제東堂老勸破家子弟』) 등이 모두 그의 영향을 받았다.

(2) 왕실보王實甫 : 자는 덕신德信.

① 성취 : 내용은 대부분 상류사회의 생활을 제재로 하여 봉건예교에 반항하는 청춘남녀의 사랑이 중심이고, 언어풍격상 시·사와 민간 구어를 흡수하여 자연스러우면서도 화려하며, 묘사기교상 인물의 내면심리 묘사를 통해 인물의 성격을 부각시키고, 전체적으로 서정성이 뛰어나다.

② 작품 : 『최앵앵대월서상기崔鶯鶯待月西廂記』(『서상기』) 5본 20절, 『사승상가무여춘당四丞相歌舞麗春堂』(『여춘당』) 등이 있다.

③ 영향 : 백박·마치원·정광조·교길 외에 궁천정宮天挺(『사생교범장계서死生交范張雞黍』) 등이 모두 그의 영향을 받았다.

(3) 백박白樸 : 자는 인보仁甫.

① 성취 : 문사가 전아하여 시적詩的인 성과를 거두었다.

② 작품 : 『당명황추야오동우唐明皇秋夜梧桐雨』(『오동우』), 『배소준장두마상裴少俊牆頭馬上』(『장두마상』) 등이 있다.

(4) 마치원馬致遠 : 자는 동리東籬.

① 성취 : 내용은 귀족의 생활이나 신선고사를 제재로 취했으며, 문사는 매우 화려하여 읽기 위한 희곡의 성격이 짙다.

② 작품 : 『파유몽고안한궁추破幽夢孤雁漢宮秋』(『한궁추』), 『한단도성오황량몽邯鄲道省悟黃粱夢』(『황량몽』) 등이 있다.

5. 후기 잡극

1) 특징

(1) 지역 : 남방을 중심으로 성행했다.

(2) 내용 : 실제생활 문제를 제대로 반영하지 못하여 현실성이 결여되었다.

(3) 풍격 : 왕실보의 영향으로 전아한 문사 위주의 작품이 많이 창작되었다.

(4) 효용 : 점차 연극으로서의 기능을 상실하고 민중과 거리가 멀어지게 되었다.

(5) 수준 : 작품의 수준이 전기에 훨씬 뒤졌다.

2) 대표작가

정광조·교길. 전기의 4대가와 함께 원곡 6대가로 불린다.

(1) 정광조鄭光祖 : 자는 덕휘德輝.

① 성취 : 역사극이 많으며 『서상기』의 예술수법을 발전시켜 화려한 문장으로 연정戀情을 감동적으로 묘사했다.

② 작품 : 『미청쇄천녀이혼迷靑瑣倩女離魂』(『천녀이혼』), 『추매향편한림풍월傷梅香騙翰林風月』(『한림풍월』) 등이 있다.

(2) 교길喬吉 : 자는 몽부夢符.

① 성취 : 내용은 문인들의 풍류를 제재로 한 것이 대부분이며, 문사가 아름답고 염정艶情의 표현에 뛰어났다.

② 작품 : 『옥소녀양세인연玉簫女兩世因緣』(『양세인연』), 『두목지시주양주몽杜牧之詩酒揚州夢』(『양주몽』) 등이 있다.

제28장 원대 산곡

1. 창작 배경

1) 송사의 쇠락(내재적 요인)

본래 민간에서 발생하여 노래 부를 수 있었던 통속문학으로서의 송사가 문인들의 참여로 점차 음률과 수사를 중시하여 귀족의 전유물이 되자, 일반 민중과 가기歌妓들은 새로운 형식의 시가를 찾게 되어 산곡이 생겨나게 되었다.

2) 외족 음악의 영향(외부적 요인)

여진족女眞族(금)과 몽고족蒙古族(원)이 차례로 중원을 차지하면서 그들의 호악胡樂이 함께 전입되었는데, 기존의 사詞로는 더 이상 호악의 리듬과 박자에 맞출 수 없게 되어 자연히 새로운 형식의 산곡이 생겨나게 되었다.

2. 체제

1) 소령小令

민간에서 유행하던 소곡小曲이 문학적인 도야를 거쳐 완성된 형식으로, 내용이 통속적이며 표현이 진지하다.

2) 대과곡帶過曲

합조合調라고도 한다. 자수字數가 짧은 소령으로는 비교적 긴 서술이나 묘사를 하기 쉽지 않기 때문에 2~3곡을 합쳐 표현하는 형식이다. 소령에 포함시키기도 한다.

3) 투곡套曲

투수套數·산투散套·대령大令이라고도 한다. 몇 곡의 소령과 합조를 연결한 조곡組曲의 형식이다. 그 조성 조건은 다음과 같다.

(1) 동일한 궁조宮調에 속하는 곡으로 연결해야 한다.

(2) 처음부터 끝까지 같은 운韻을 사용해야 한다.

(3) 각 투곡의 마지막에는 곡이 끝남을 알리는 미성尾聲을 붙여야 한다.

3. 사와의 다른 점

1) 형식

모두 자유로운 장단구의 형식이지만, 산곡은 구절마다 정해진 자수 외에 많은 친자襯字를 삽입하여 훨씬 변화가 심하고 자유롭다.

2) 용운用韻

사는 평측을 따져 하나의 운만을 사용하고 2가지 운을 쓰려면 반드시 환운換韻해야 하지만, 산곡은 입성이 소실되고 평·상·거 3성을 통압通押할 수 있어서 용운이 매우 자유롭다.

3) 풍격

사는 전아하지만, 산곡은 통속적이고 대중적이다.

4) 제재

산곡은 사보다 제재가 훨씬 다양하여 표현범위가 확대되었다.

4. 전기 산곡

1) 특징

(1) 풍격 : 잡극의 경우처럼 솔직하고 질박하다.

(2) 언어 : 자연스러운 백화적인 표현으로 생동감이 넘친다.

(3) 내용 : 현실을 반영하는 데 주력했다.

(4) 작가 : 아직 전문화되지 않아서 잡극가가 대부분이다.

2) 대표작가

관한경關漢卿 · 백박白樸 · 왕실보王實甫 · 마치원馬致遠 등이 있다.

* 마치원 : 앞의 세 사람을 청려파淸麗派라 하고, 마치원을 호방파豪放派로 분류하기도 한다. 전기의 산곡은 호방파가 주도했으며, 그에 이르러 곡의 내용과 의경意境이 확대되어 산곡의 문학성이 제고되었다.

5. 후기 산곡

1) 특징

(1) 풍격 : 시사詩詞의 영향을 받아 전아하고 미려해졌다.

(2) 언어 : 조탁을 추구하고 대우와 성률을 강구하여 형식화되었다.

(3) 내용 : 현실에서 벗어난 서정 위주의 작품이 많다.

(4) 작가 : 전문적인 산곡가가 나와 전문화되었다.

2) 대표작가

노지盧摯 · 요수姚燧 · 풍자진馮子振 · 관운석貫雲石 · 정광조鄭光祖 · 장가구張可久 · 교길喬吉 등이 있다.

* 장가구 : 자는 소산小山. 질량면에서 원대 산곡의 최고봉에 이르렀

다. 산곡집으로 『소산악부小山樂府』가 있다. 그 특징은 다음과 같다.

① '분운分韻'과 '분제分題'의 형식으로 자신의 곡재曲才를 자랑하는 응수작들을 지었다.

② 서경·서정·영물·송별·회고·설리·증답 등 곡의 내용이 광범위하다.

③ 조탁·대구·곡률의 추구로 산곡의 아화雅化에 많은 영향을 미쳤다.

④ '고금의 절창絕唱'이니 '산곡의 이백과 두보'라는 등의 칭송을 받기도 했지만, 결국 질박하고 생기 있는 산곡 본연의 면모를 잃고 유미주의적인 경향을 띠게 되었다.

3) 『녹귀부錄鬼簿』와 『중원음운中原音韻』

(1) 『녹귀부』

① 작자 : 종사성鍾嗣成.

② 내용 : 원대 초기부터 자신이 살았던 시기(1321년 전후)까지 107명 작가의 소전小傳과 458종에 달하는 그들의 작품목록을 수록했다.

③ 가치 : 원대 잡극가와 산곡가 및 그들의 작품을 연구하는 데 필요한 중국희곡사의 귀중한 자료다.

(2) 『중원음운』

① 작자 : 주덕청周德清.

② 내용 : 곡운서曲韻書로서 부록에 작곡법·곡률론·산곡비평 등이 실려 있다.

③ 가치 : 원대의 곡률을 연구하는 데 귀중한 자료다.

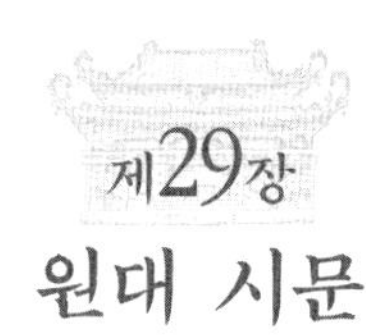

제29장 원대 시문

1. 산문

1) 특징 : 원 왕조의 문화적 낙후와 한족 문인에 대한 차별 대우로 산문을 비롯한 정통문학이 전반적으로 저조했다.

2) 주요작가

우집虞集 · 요수姚燧 · 유인劉因 등이 있다.

* 우집 : 자는 백생伯生, 호는 도원道園. 문장이 청초하고 유창하다. 저작에 『도원학고록道園學古錄』이 있다.

2. 시

1) 특징

원곡에 비해 상대적으로 작가나 작품이 빈곤하며, 소수민족의 작가들이 주도적인 위치를 차지했다.

2) 주요작가

(1) 4대가 : 우집 · 양재楊載 · 범팽范梈 · 게혜사揭傒斯.

(2) 기타 : 조맹부趙孟頫 · 양유정楊維楨 · 살도자薩都剌 · 예찬倪瓚 등이 있다.

3. 사

1) 특징

완려하고 치밀한 작품은 드물고 호방하면서도 한적한 풍격을 지닌 작품이 대부분이다.

2) 주요작가

살도자가 가장 유명하며, 그 밖에 유인·예찬·조옹趙雍 등이 있다.

명대 문학

1368 ~ 1643

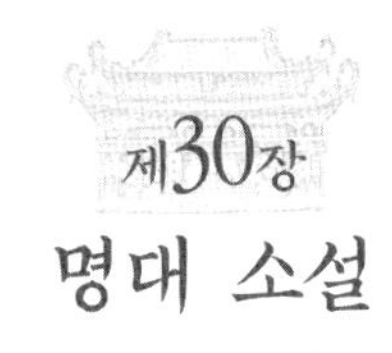

제30장 명대 소설

1. 발달 원인

1) 백화문학의 발전

백화문의 사용은 당대의 변문變文과 송대의 화본話本 가운데서 이미 사용하기 시작했으나 대부분 반문반백半文半白의 상태였는데, 명대에는 문인과 학사들이 의식적으로 백화문학을 제창하고 백화로 소설을 지었다.

2) 소설의 지위 제고

중국문학 속에서 소설은 역대 문인과 사대부들에 의해 경시되어 왔는데, 명대에는 이탁오李卓吾·원굉도袁宏道·풍몽룡馮夢龍 등의 문인들이 소설의 문학성과 사회적 공용성을 고양하여 소설에 대한 관념이 제고되었다.

3) 시대적인 환경

도시경제의 발전에 따른 시민계급의 등장으로 소설의 독자와 작자층이 확대되었으며, 당시의 다양한 시대상황과 사회의식을 소설에 반영하여 널리 유행했다.

4) 인쇄술의 발달과 책방의 증가로 소설이 널리 간행되고 유포되었다.

2. 특징

1) 문장 : 대부분 백화문을 사용했다.

2) 내용 : 주로 사회상황을 묘사대상으로 삼아 제재가 광범위하다.

3) 체재 : 장편소설의 경우 장회체章回體 형식이 유행했다.

3. 주요 장편소설

1) 역사소설 : 『삼국지연의三國志演義』.

(1) 작자 : 나관중羅貫中. 이름은 본本, 호는 호해산인湖海山人.

(2) 연원 : 진수陳壽의 『삼국지』와 배송지裵松之 주注의 내용을 바탕으로 하여 당대의 변문變文, 송대의 화본인 설삼분說三分, 원대의 잡극 등에서 삼국의 고사가 널리 유행했는데, 직접적인 모태가 된 것은 원대 지치至治 연간(1321~1323)에 신안新安 우씨虞氏가 간행한 『전상삼국지평화全相三國志平話』다.

(3) 판본

① 홍치본弘治本 : 최초본으로, 24권 240절이다.

② 만력본萬曆本 : 이탁오 비평본으로, 120회다.

③ 모본毛本 : 현재 통행본으로, 청대 모종강毛宗崗이 비평하고 개작했다. 120회다.

(4) 내용 : 위·촉·오 삼국의 분열과 쟁패爭覇 고사를 다루었다.

(5) 특징 : 생동감 있고 개성적인 인물의 전형을 창출했고, 과장·대비·심리묘사 등 묘사기교가 뛰어나며, 언어가 정련되고, 문체상 문언과 백화가 섞여 있어 아속雅俗이 함께 감상할 수 있다.

(6) 속작 : 『개벽연역통속지전開闢演繹通俗志傳』·『유하지전有夏誌傳』·『열국지전列國志傳』·『전한지전全漢志傳』 등이 있다.

2) 영웅소설 : 『수호전水滸傳』.

(1) 작자 : 시내암施耐庵이라는 설, 나관중이라는 설, 시내암이 짓고 나관중이 개편했다는 설 등이 있는데, 시내암이라는 설이 유력하다.

(2) 연원 : 송강宋江의 반란사건을 간략히 기록한 『송사宋史』를 바탕으로 하여 송말의 화본과 원초의 잡극 등에서 수호 고사가 널리 유행되었는데, 직접적인 모태가 된 것은 송말원초에 나온 『대송선화유사大宋宣和遺事』의 제4절 「양산박영웅송강기의기梁山泊英雄宋江起義記」다.

(3) 판본

① 115회본 : 『충의수호전忠義水滸傳』. 송강 등이 양산박에서 기의한 뒤 조정의 초안招安을 받아들여 방랍方臘을 토벌한 것을 기록했다.

② 100회본 : 명 가정嘉靖 연간 무정후武定侯 곽훈郭勳의 집에서 나온 번본繁本으로, 송강 등이 방랍을 토벌하기 전에 요遼를 정벌한 일이 추가되었다.

③ 120회본 : 『충의수호전서忠義水滸全書』. 천계天啓·숭정崇禎 연간에 양정견楊定見이 엮었다. 요를 정벌한 뒤에 다시 전호田虎와 왕경王慶을 정벌한 일이 추가되었다.

④ 70회본 : 요참본腰斬本. 청초 김성탄金聖嘆의 산정본刪定本으로, 송강 등이 조정에 불려 들어간 이후의 일을 삭제했다.

(4) 특징 : 세련된 백화문의 운용으로 백화문학의 최고봉에 올랐고, 등장인물의 개성을 생생하게 묘사했으며, '관핍민반官逼民反'의 민중의지를 잘 반영하여 주제표현의 성공을 거두었다.

(5) 속작 : 『정사구征四寇』(일명 『후수호전後水滸傳』), 『수호후전水滸後傳』, 『탕구지蕩寇志』(일명 『결수호전전結水滸全傳』), 『정충전精忠傳』 등이 있다.

3) 신마소설 : 『서유기西遊記』.

(1) 작자 : 오승은吳承恩. 자는 여충汝忠, 호는 사양산인射陽山人.

(2) 연원 : 초당의 고승 현장玄奘이 인도로 불경을 가지러 가는 동안에 겪은 여러 고난을 기록한 『대자은삼장법사전大慈恩三藏法師傳』과 사서의 현장전玄奘傳 및 현장 자신이 지은 『대당서역기大唐西域記』를 바탕으로 하여 송대의 화본 『대당삼장취경시화大唐三藏取經詩話』, 금대의 원본院本 『당삼장唐三藏』, 원·명대의 잡극 『서유기』 등과 민간에 퍼져 있던 '서천취경西天取經' 고사를 새롭게 창작하여 『서유기』를 지었다.

(3) 판본 : 명대 판본으로는 화양동천주인교본華陽洞天主人校本(100회), 이탁오비평본李卓吾批評本(100회), 『당삼장서유석액전唐三藏西遊釋厄傳』(주정신朱鼎臣 편, 10권) 등이 있으며, 청대 판본은 대부분 100회본 계통이다.

(4) 내용 : 1회~8회는 손오공孫悟空의 탄생과 천궁에서의 난동, 9회는 현장의 등장, 10회~12회는 당 태종太宗의 지옥 탐방, 13회~100회는 손오공이 요괴들과 싸우는 81난難으로 구성되어 있다.

(5) 특징 : 기이한 환상과 풍부한 상상력으로 낭만주의의 예술특색을 발휘하고, 인물묘사상 각각의 개성이 뚜렷하며, 선의의 조소와 신랄한 풍자와 엄중한 비평을 예술적으로 결합시키고, 산문과 운문 및 민간의 방언과 구어를 잘 운용했으며, 고사의 구성과 인물의 배치가 치밀하다.

(6) 속작 : 『속서유기續西遊記』·『후서유기後西遊記』·『서유보西遊補』·『사유기四遊記』·『서양기西洋記』 등이 있다.

(7) 기타 신마소설 : 나관중의 『북송삼수평요전北宋三遂平妖傳』, 허중림許仲琳의 『봉신연의封神演義』 등이 있다.

4) 인정소설 : 『금병매金甁梅』.

(1) 작자 : 난릉蘭陵 소소생笑笑生. 명대 왕세정王世貞이라는 설도 있다.

(2) 연원 : 『수호전』의 23회~27회에 나오는 '무송살수武松殺嫂' 고사를 바탕으로 했다.

(3) 판본

① 사화본詞話本 : 문장이 매끄럽지 못하고 산동山東 지방의 방언과 시중의 은어를 많이 사용했다.

② 개정본 : 제일기서본第一奇書本이라고도 하는데, 사화본을 개정한 것으로 문장이 잘 정련되어 있고 방언을 삭제했다.

(4) 내용 : 관료·토호·부상富商인 서문경西門慶과 그의 첩 반금련潘金蓮·이병아李甁兒·방춘매龐春梅가 펼치는 음탕하고 방탕한 가정생활을 통해 당시의 사회상을 조명했다.

(5) 특징 : 인물의 성격묘사와 전형성이 뛰어나고, 일상의 언어를 잘 운용하여 생동감이 넘치며, 암암리에 현실을 폭로한 비판정신이 담겨 있고, 대담한 색정 묘사를 통해 예술적인 성공을 거두었다.

(6) 평가 : 이제까지의 역사·영웅고사나 환상의 세계에서 벗어나 실제 현실을 반영한 것으로, 중국 통속소설사상 새로운 장을 열었다.

(7) 영향 : 『옥교리玉嬌梨』·『평산냉연平山冷燕』·『호구전好逑傳』·『철화선사鐵花仙史』·『육포단肉蒲團』 등 후대 염정소설의 창작에 영향을 미쳤다.

4. 주요 단편소설

1) 전기傳奇 소설 : 『전등신화剪燈新話』.

(1) 작자 : 구우瞿佑. 자는 종길宗吉, 호는 존재存齋.

(2) 내용 : 총 4권 22편으로, 당대 전기의 형식을 빌려 고금의 괴이한 고사와 애정고사를 기록한 문언단편소설집이다.

(3) 영향 : 명청대의 의화본擬話本과 희곡작품의 제재로 쓰였으며, 조선·일본·월남의 소설에까지 영향을 미쳤다.

(4) 속작 : 이정李禎의 『전등여화剪燈餘話』, 소경첨邵景詹의 『멱등인화覓燈因話』 등이 있다. 『전등신화』와 함께 이를 '전등삼화剪燈三話'라고 한다.

2) 의화본擬話本 소설 : 『삼언三言』·『이박二拍』·『금고기관今古奇觀』·『일형一型』.

(1) 『삼언』 : 『유세명언喩世明言』(40편)(일명 『고금소설古今小說』), 『경세통언警世通言』(40편), 『성세항언醒世恒言』(40편)을 말한다.

① 작자 : 풍몽룡馮夢龍. 소설의 사회적 공용성을 인식하고 통속문학의 제창과 창작에 힘썼다.

② 내용 : 전래된 단편 화본을 수집·정리·각색하고 새롭게 창작했다.

(2) 『이박』 : 『초각박안경기初刻拍案驚奇』(40편), 『이각박안경기』(40편)를 말한다.

① 작자 : 능몽초凌濛初.

② 내용 : 전대의 화본을 개작한 것, 『고금소설』에서 취재한 것, 초각과 이각에 중복된 것, 자신이 창작한 것 등이 있다.

(3) 『금고기관』(40편)

① 작자 : 포옹노인抱甕老人.

② 내용 : 『삼언』과 『이박』이 너무 방대하여 민간에서 쉽게 구입하지 못했기 때문에 『삼언』에서 29편, 『이박』에서 10편을 정선하고 따로 1편을 첨가하여 화본선집을 만들었다. 가장

널리 유행했다.

(4) 『일형』 : 『형세언型世言』(40편)(일명 『삼각박안경기三刻拍案驚奇』 또는 『환영幻影』).

① 작자 : 육인룡陸人龍.

② 내용 : 대부분 전대의 고사를 윤색·개작한 것으로, 유일한 완정본이 1992년에 한국 규장각奎藏閣에서 발견되어 세계적으로 귀중한 가치가 있다.

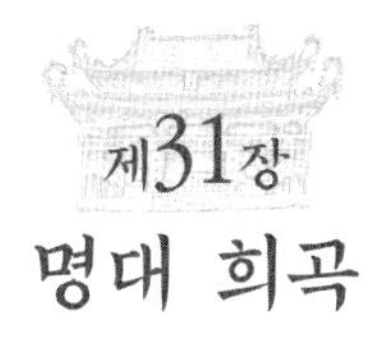

제31장 명대 희곡

1. 전기傳奇

1) 정의

송대의 남희南戱에서 발전되어 나온 것으로, 잡극과 다른 새로운 형태의 희곡문학이다. 남곡南曲·명곡明曲·남희南戱라고도 한다.

2) 흥성원인

(1) 남희의 발전 : 남희는 송대에 생겨났지만 원대에는 잡극의 극성으로 빛을 보지 못하다가 명대에 들어와 잡극의 장점들을 흡수하여 형식과 예술상에서 크게 진보했다.

(2) 군주와 귀족의 제창 : 명초에 군주와 귀족들이 모두 전기를 좋아하여, 태조太祖 주원장朱元璋은 『비파기琵琶記』를 사서오경에 견주었으며 그의 아들 주권朱權과 손자 주유돈朱有燉 등도 모두 전기를 창작했다.

(3) 문인의 참여 : 송원대에는 문장이 엉성하고 형식이 산만했던 남희가 명대 문인들의 참여로 문학성이 제고되고 예술기법이 성숙되었다.

3) 전기와 잡극의 차이점

(1) 구성 : 잡극은 매본每本이 4절折로 구성되며 설자楔子를 극의 앞이나 중간에 삽입하지만, 전기는 잡극의 절에 해당하는 척수齣數에 제한이 없으며 제1척을 가문家門 또는 개장開場·개종開宗이라

하고 전체 극의 대의를 설명한다.

(2) 창법唱法 : 잡극은 매절에서 한 사람이 독창하지만, 전기는 독창·대창對唱·합창을 할 수 있다.

(3) 음률 : 잡극은 매절에 하나의 궁조와 한 운韻만을 사용하지만, 전기는 매척에 일정한 궁조가 없고 운도 바꿀 수 있다.

(4) 문장 : 잡극은 대부분 구어체지만, 전기는 변려체도 사용한다.

(5) 정조 : 잡극과 전기는 그 중심지역이 다르고 악기와 악보가 달라 곡의 정조와 흥취가 서로 다르다.

4) 명초의 5대 전기

(1) 『살구기殺狗記』 : 36척.

① 작자 : 서진徐畛의 작이라고 하나 민간의 작품으로 추정한다.

② 연원 : 원대 소덕상蕭德祥의 잡극 『살구권부殺狗勸夫』를 개작했다.

③ 특징 : 곡사曲辭가 비속하다고는 하지만 제재의 시대성과 무대예술의 통속성이 잘 고려되었다.

(2) 『백토기白兎記』 : 32척.

① 작자 : 작자 미상의 민간 작품.

② 연원 : 송대 『오대사평화五代史平話』의 유지원劉知遠 고사와 금대 『유지원제궁조劉知遠諸宮調』를 바탕으로 했다.

③ 특징 : 곡사가 질박하고 감정이 진지하여 감동을 준다.

(3) 『배월정拜月亭』(일명 『유규기幽閨記』) : 40척.

① 작자 : 원대 시혜施惠의 작이라고 하나 민간 작품으로 추정한다.

② 연원 : 원대 관한경關漢卿의 잡극 『규원가인배월정閨怨佳人拜月亭』을 개작했다.

③ 특징 : 등장인물의 신분에 맞는 어투를 사용하여 생동감 넘

친다.

(4) 『형차기荊釵記』 : 48척.

① 작자 : 주권. 원대 가단구경중柯丹邱敬仲이라는 설도 있다.

② 연원 : 왕십붕王十朋 고사를 상연한 민간의 여러 남희를 바탕으로 했다.

③ 특징 : 곡사가 청신하고 비애감이 뛰어나 감동을 준다.

(5) 『비파기琵琶記』 : 42척.

① 작자 : 고명高明. 그는 지나친 형식미를 지양하고 윤리도덕과 사회문제를 중시했으며, 희곡의 가치와 공용성을 인식하여 희곡을 교화의 공구로 삼고자 했다.

② 연원 : 송대 희문戲文 『조정녀채이랑趙貞女蔡二郎』을 개작했다.

③ 특징 : 절묘한 곡사, 극중 인물의 뚜렷한 개성 표현, 생동감 넘치는 대화 등으로 극의 예술성이 매우 높아 명초 5대 전기 가운데 가장 뛰어난 작품으로 평가된다.

5) 명 중엽의 전기

(1) 구준丘濬과 소찬邵璨의 전기

① 구준 : 대유大儒와 대신大臣임에도 불구하고 희곡을 민중교화와 윤리선양의 예술로 인식하여 명대의 희곡에 많은 영향을 미쳤다. 작품으로 『오륜전비기五倫全備記』 등이 있다.

② 소찬 : 구준을 계승하여 '이극재도以劇載道'의 관념으로 전기를 지었다. 그의 작품 『향낭기香囊記』는 변려체와 전고를 대량으로 사용하여 희곡의 통속성을 잃어버리고 전려화典麗化하는 경향을 보인다.

(2) 곤강崑腔(곤곡)의 흥성

① 형성배경 : 명대 중엽에는 익양강弋陽腔(강서 지방에서 발생),

여요강餘姚腔(절강 지방에서 발생), 해염강海鹽腔(절강 지방에서 발생), 곤산강崑山腔(오중에서 유행) 등의 지방 곡조가 각기 세력권을 형성하면서 발전했는데, 가정嘉靖 연간에 곤산崑山 사람 위량보魏良輔가 10년간 연구 끝에 남곡과 북곡의 장점을 흡수하고 곤산강을 개량하여 다른 지방의 곡조를 압도함으로써 전기의 곡조를 곤강으로 통일했다.

② 주요 작품

* 『완사기浣紗記』 : 양진어梁辰魚 작. 45척. 오吳·월越 전쟁 후 범려范蠡와 서시西施의 고사를 극화했다. 곤강을 사용하여 창작된 최초의 극본으로, 곤강이 다른 곡조를 압도할 수 있는 계기를 마련했다. 『비파기』가 체제상의 혁신을 가져왔다면, 『완사기』는 곡조상의 혁신을 일으켰다.
* 『보검기寶劍記』 : 이개선李開先 작. 『수호전』의 임충林沖 고사를 극화했다.
* 『봉명기鳳鳴記』 : 왕세정王世貞 작. 명대의 간신 엄숭嚴嵩 부자가 충신들을 박해한 고사를 극화했다.
* 『홍불기紅拂記』 : 장봉익張鳳翼 작. 당대 전기소설 『규염객전虯髥客傳』의 홍불 고사를 극화했다.

③ 영향 : 중국 희곡사상 일대 혁신을 일으켰으며, 명대 중엽 이후 극단의 독보적인 존재로서, 청대 건륭乾隆 연간 말까지 300여 년 동안 막강한 영향력을 행사했다.

6) 명말의 전기

(1) 경향 : 곡률·궁조·곡사·창법 등에 치중하고 극의 구성이나 내용·대사 등을 소홀히 하여 희곡이 격률과 문사 방면으로 발전함으로써, 더 이상 민중의 오락물이 되지 못하고 문인들의 감상

작품으로 변했다.

(2) 격률파 : 오강파吳江派라고도 한다.

① 중심인물 : 심경沈璟. 오강 사람. 곡사와 곡률의 합치를 주장했다. 작품으로는 『속옥당전기屬玉堂傳奇』 17종 가운데 『의협기義俠記』가 유명하다.

② 기타 : 여천성呂天成 · 복세신卜世臣 · 왕기덕王驥德 등이 있다.

③ 평가 : 곡률에만 집착하여 내용이 없는 형식주의에 빠졌다.

(3) 문사파 : 임천파臨川派 또는 옥명당파玉茗堂派라고도 한다.

① 중심인물 : 탕현조湯顯祖. 임천 사람. 곡률보다는 곡사를 중시했다. 작품으로는 '옥명당사몽玉茗堂四夢'이 유명하다.

* '옥명당사몽' : 『환혼기還魂記』(일명 『모란정牧丹亭』이라고도 하며, 당대 전기소설 『이혼기離魂記』를 개편한 것으로, '사몽' 가운데 가장 뛰어남), 『자차기紫釵記』(『곽소옥전霍小玉傳』을 개편함), 『남가기南柯記』(『남가태수전南柯太守傳』을 개편함), 『한단기邯鄲記』(『침중기枕中記』를 개편함)를 말한다.

② 기타 : 완대성阮大鋮 · 오병吳炳 · 이옥李玉 등이 있다.

③ 평가 : 유미주의의 경향이 농후하지만 문학적으로는 격률파보다 예술성이 뛰어나다.

2. 잡극

1) 명초의 잡극

(1) 경향 : 원대 잡극의 영향에서 완전히 벗어나지는 못했지만, 남희의 영향을 받아 1본本을 5절折로 하거나 한 절에서 합창을 하는 등 형식상의 변화를 가져왔다.

(2) 주요작가 : 왕실 작가인 주권朱權과 주유돈朱有燉이 대표적이다.

2) 명 중엽의 잡극

(1) 경향 : 전기에 눌려 쇠퇴의 길을 걸었다.

(2) 주요작가 : 왕구사王九思·강해康海(『중산랑中山狼』 지음)가 대표적이다.

3) 명말의 잡극

(1) 단극短劇의 출현 : 이제까지의 형식을 탈피하고 어떤 고사 가운데서 가장 정채로운 부분만을 짧은 형식으로 표현하는 문인들의 즉흥적인 단극이 성행했다. 그 기원은 원대 왕생王生의 『위기틈국圍棋闖局』에서 비롯되었다고 한다.

(2) 단극과 원 잡극의 차이점

① 구성 : 잡극은 매본이 4절로 구성되며 설자楔子를 앞이나 중간에 두지만, 단극은 절의 제한이 없고 설자는 앞에만 둔다.

② 내용 : 잡극은 매본이 하나의 이야기지만, 단극은 제한이 없다.

③ 창법 : 잡극은 한 사람이 독창하지만, 단극은 제한이 없다.

④ 악곡 : 잡극은 북곡만 사용하지만, 단극은 대부분 남곡과 북곡을 혼용한다.

(3) 주요작가 : 서위徐渭가 대표적이다. 작품으로 『사성원四聲猿』(「광고리狂鼓吏」·「옥선사玉禪師」·「자목란雌木蘭」·「여장원女狀元」)이 있다.

3. 곡선집曲選集과 곡론서曲論書

1) 『곡조曲藻』 : 왕세정 작. 원래는 시·문·사·곡을 논한 그의 『예원치언藝苑卮言』에 들어 있다. 원대와 명대 중엽의 희곡가와 작품을 논평했다.

2) 『남구궁보南九宮譜』: 심경 작. 남곡의 창법과 곡률을 논한 남곡보南曲譜의 보감이다.
3) 『남사선운南詞選韻』: 심경 작. 궁조와 곡운을 기준으로 작품을 선별하고 품평했다.
4) 『곡품曲品』: 여천성 작. 원말부터 명말까지의 전기를 품평했다.
5) 『곡률曲律』: 왕기덕 작. 『곡품』과 쌍벽을 이루는 곡론서다.
6) 『북사광정보北詞廣正譜』: 이옥 작. 『남구궁보』와 쌍벽을 이루는 북곡보의 보감이다.
7) 『태화정음보太和正音譜』: 주권 작. 원대와 명대 초의 극목劇目을 수록하고 품평했다.
8) 『남사서록南詞敍錄』: 서위 작. 중요한 희곡 자료와 남희에 대한 비평을 수록했다.

제32장

명대 문학유파와 산문

1. 명초 산문

1) 중심인물 : 유기劉基 · 송렴宋濂 · 방효유方孝孺.

(1) 유기 : 시정時政과 현실을 풍자한 문장이 많다. 우언체 산문인 『욱리자郁離子』를 지었다.

(2) 송렴 : 의리義理 · 사공事功 · 문사文辭의 통일을 주장했다. 「진사록秦士錄」 · 「왕면전王冕傳」이 유명하다.

(3) 방효유 : 호방한 필치로 사회의 병폐를 드러내고 자신의 울분을 토로했다. 「문대蚊對」가 유명하다.

2) 평가

심각하고 꼿꼿한 풍격으로 사회의 여러 단면을 반영했지만, 전아한 문장 풍격은 대각체가 발전할 실마리를 제공했다.

2. 대각체大閣體

1) 중심인물 : 양사기楊士奇 · 양영楊榮 · 양부楊溥의 삼양三楊.

2) 경향 : 내용은 태평성대와 제왕의 공덕을 칭송한 것이 대부분이며, 형식은 온화 · 전아 · 미려함을 추구했다.

3) 평가 : 창의성과 내용이 결여되어 작품이 천편일률적이다.

3. 다릉파茶陵派

1) 중심인물 : 이동양李東陽.

2) 경향 : 전아하고 화려함을 추구했다.

3) 평가 : 대각체처럼 내용과 생기가 없으며, 복고파에 영향을 미쳤다.

4. 복고파

1) 중심인물

이몽양李夢陽 · 하경명何景明 · 서정경徐禎卿 · 변공邊貢 · 왕정상王廷相 · 강해康海 · 왕구사王九思의 전칠자前七子와 이반룡李攀龍 · 왕세정王世貞 · 사봉謝榛 · 종신宗臣 · 양유예梁有譽 · 서중행徐中行 · 오국륜吳國倫의 후칠자後七子.

2) 주장

(1) "문장은 반드시 진한을 따르고 시는 반드시 성당을 좇아야 한다.(文必秦漢, 詩必盛唐.)"

(2) 올바른 모방은 창작의 지름길이다.

3) 평가

명초의 대각체와 팔고문八股文의 구속을 타파한 점에는 의의가 있으나, 모방과 표절을 일삼는 형식주의에 빠져 문학성이 결여되었다.

5. 당송파唐宋派

1) 중심인물

당순지唐順之 · 왕신중王愼中 · 모곤茅坤 · 귀유광歸有光.

2) 주장

복고파에 반대하여 문학의 시대성과 작가의 개성을 중시하고 모방을 반대했으며, 당송팔대가의 문장을 받들었다.

3) 평가

그들의 주장은 혁신적이었지만 작품 창작과 역량이 부족하여 큰 힘을 발휘하지 못했다.

6. 공안파公安派

1) 선도자

이지李贄. 자는 탁오卓吾. 그는 양지良知의 자유를 주장한 왕양명王陽明 학파의 좌파에 속하는 인물로서, 그의 사상은 공안파에 직접적인 영향을 미쳤다.

(1) '동심설童心說'을 주장하여 위선적인 도학을 반대하고 진실한 감정표현을 중시했다.

(2) '귀고천금貴古賤今'의 관념을 부정하고 복고를 반대했다.

(3) 통속문학의 가치를 중시하고 봉건적인 문학관을 타파했다.

2) 중심인물

원종도袁宗道 · 원굉도袁宏道 · 원중도袁中道의 삼원三袁.

3) 주장

(1) 문학이란 진화하는 것이다.

(2) 옛것의 모방은 문학의 퇴보다.

(3) 격조나 격률에 얽매이지 않고 성령性靈을 담아내야 한다.

(4) 문학작품에는 내용이 있어야 한다.

(5) 소설이나 희곡의 문학적 가치를 중시한다.

4) 영향

(1) 진솔한 개성표현으로 명말 소품문小品文의 출현과 번영을 가져왔다.

(2) '성령설'은 청대의 문학창작과 문예이론에 지대한 영향을 미쳤다.

(3) 속문학에 대한 옹호는 명말 풍몽룡馮夢龍·김성탄金聖嘆 등의 속문학 연구에 영향을 미쳤다.

7. 경릉파竟陵派

1) 중심인물 : 종성鍾惺·담원춘譚元春.

2) 주장

공안파의 아류가 천박함으로 흐르자 이를 개선하기 위해 '그윽하고 특이한(幽深孤峭)' 풍격을 표방했다. 기타 주장은 공안파와 거의 같다.

8. 명말 소품문

1) 선도작품

서위徐渭의 「활연당기豁然堂記」, 원굉도의 「만유육교대월기晩遊六橋待月記」, 종성의 「완화계기浣花溪記」 등이 있다.

2) 중심인물

장대張岱. 그의 문장은 진실한 감정과 개성이 뚜렷하며 자연스럽고 청려하여 명대 소품문의 대가로 손꼽힌다. 『도암몽억陶庵夢憶』·『서호몽심西湖夢尋』 등의 문집이 있다.

3) 의의

종래 경經·사史의 문장이나 당송팔대가의 문장과는 경향을 달리하며, '재도載道'의 문학 관념에서 벗어나 산문의 자유롭고 개성적인 표현을 가능하게 했다.

제33장 명대 시

1. 개황

1) 정통 시사詩詞의 부진

명대의 시사는 각종 문학유파의 형성 및 발전과 밀접한 관련이 있긴 하지만, 전체적으로는 소설·희곡 등의 통속문학에 비해 상대적으로 침체·쇠퇴의 길을 걸었다.

2) 양적인 면

청대 주이존朱彝尊이 편찬한 『명시사明詩詞』에는 총 3,400여 시인의 작품이 수록되어 있다.

3) 질적인 면

전문적인 시인이나 일가를 이룬 작가가 없었으며 복고의 성향이 강했기 때문에 중국시가사상 매우 낙후된 시기였다.

2. 주요 작가

1) 유기劉基

시풍이 질박하고 웅건하며, 백성의 고통을 읊은 작품도 있다.

2) 오중사걸吳中四傑

고계高啓·양기楊基·서분徐賁·장우張羽.

(1) 고계 : 시풍이 청신하고 준일하며, 성당시의 풍격에 가깝다. 여

러 시체에 뛰어났으며 총 2,000여 수의 작품을 남겨 명대의 대표적인 시인으로 손꼽힌다. 『부조집鳧藻集』이 있다.

(2) 양기 : 풍격이 청려하며 시어가 공교롭다. 『미암집眉庵集』이 있다.

3) 대각체大閣體 시인

양사기楊士奇가 대표인물이다. 가송歌頌·응제應制·수창酬唱의 작품이 대부분으로 문학성이 결여되었다.

4) 다릉시파茶陵詩派

이동양李東陽이 대표인물이다.

* 이동양 : 풍격이 전아하고 청려하다. 『회록당시화懷麓堂詩話』를 지어 오랫동안 단절되었던 시화를 부활시켰다.

5) 전칠자前七子의 시인

이몽양李夢陽과 하경명何景明이 대표인물이다. "시필성당詩必盛唐"의 기치 아래 엄숙한 창작태도로 복고를 주장했다.

(1) 이몽양 : 풍격이 웅혼하고 진중하며, 격률이 정제되어 있다. 『공동집空同集』이 있다.

(2) 하경명 : 복고적인 경향이 농후했지만 독창성도 존중했다. 『대복집大復集』이 있다.

6) 심주沈周와 오중사재자吳中四才子(당인唐寅·축윤명祝允明·문징명文徵明·서정경徐禎卿) : 이들은 모두 다재다능한 시·서·화가로서 복고의 문풍에 반대했다. 개성적인 표현으로 현실을 반영하고 정취가 풍부하다.

7) 후칠자後七子의 시인

이반룡李攀龍과 왕세정王世貞이 대표인물이다.

(1) 이반룡 : 모방의 흔적이 농후하다. 『창명집滄溟集』이 있다.

(2) 왕세정 : 풍격이 평담하고 자연스러우며 지나친 모방은 반대했다. 시문평론집인 『예원치언藝苑巵言』을 지었다.

8) 이지李贄와 서위徐渭

공안파에 영향을 미쳤다.

(1) 이지 : 평이하고 자연스러운 풍격으로 독특한 풍취를 이루었다.

(2) 서위 : 풍격이 자유분방하고 거침없으며, 모방을 반대하고 독창성을 강조했다. 시·문·잡극·서화에 두루 뛰어났다.

9) 공안파公安派·경릉파竟陵派의 시인

성령의 표현을 주장하고 청신하고 준일한 풍격으로, 모방과 난삽한 표현을 일삼는 당시 시풍을 개혁하고자 했다.

10) 기사幾社와 복사復社의 시인

(1) 기사 : 진자룡陳子龍이 중심인물이다. 그는 남명南明의 항청抗淸 인사로서 순국했다. 시풍은 비분강개하고 처량하며 국사를 근심하고 백성을 걱정하는 작품을 많이 지었다.

(2) 복사 : 명말 최대의 문인 결사結社로서 장부張溥가 중심인물이다. 그는 복사를 조직하여 환관의 정치활동에 반대하고 반청운동에 가담했다. 문학상으로는 전후칠자의 복고주의를 지지했지만, 창작상으로는 대부분 현실사회의 다양한 생활상을 반영했다.

제34장

명대 민간문학

1. 민가의 발달

1) 발달원인

명대의 산곡은 백화로 써지긴 했지만 수량이 많지 않았고 전아함을 추구함으로써 민간의 감정을 담아낼 수 없게 되어 민중과 멀어지자 잡곡雜曲과 소곡小曲을 위주로 한 민가가 유행하게 되었다.

2) 특징

(1) 풍격 : 전아한 산곡과는 달리 소박하고 통속적이며 생동감이 넘친다.

(2) 내용 : 남녀의 애정을 묘사한 것이 대부분이며, 사회현실을 반영한 것도 있다.

(3) 형식 : 7언이 기본이지만, 자구가 자유로운 소곡이 중심이다.

(4) 언어 : 생동감 넘치는 백화를 사용하여 표현력이 강하다.

(5) 지역 : 오吳 지방을 중심으로 발달했다.

3) 연변演變

(1) 초기 : 대부분 민간의 창기娼妓들에 의해 불린 것으로, 질박하고 음악성이 비교적 강조되었다.

(2) 후기 : 민간의 소곡이 널리 유행하자 점차 문인들이 참여하게 되어 본래의 면모를 잃게 되었다.

4) 민가집

『괘지아掛枝兒』·『산가山歌』·『주운비駐雲飛』·『협죽도夾竹桃』·『벽파옥劈破玉』·『은교사銀絞絲』 등이 있다.

* 『산가』: 10권. 풍몽룡馮夢龍 찬. 명대의 민가를 가장 많이 수록한 책으로 총 345수가 실려 있다. 가장 짧은 것은 7언 4구이며 가장 긴 것은 1400여 자에 달한다.

청대 문학

1644 ~ 1911

청대 소설

1. 발달 원인

1) 소설에 대한 인식 제고

김성탄金聖嘆·이어李漁·원매袁枚·기윤紀昀 등의 문인들이 소설의 가치를 높이 선양했다. 특히 김성탄은 『수호전』과 『서상기』를 『이소離騷』·『장자莊子』·『사기史記』·『두시杜詩』와 함께 '육재자서六才子書'라고 하여 소설을 정통문학과 동렬에 놓았다.

2) 독자층의 확대

일반 민중 가운데 소설을 감상할 만한 소양과 여유를 갖춘 사람이 늘어났다.

3) 인쇄·제지술의 발달

인쇄술의 발달로 일반서적과 함께 소설책이 널리 보급되었다.

4) 지식인들의 불만 토로 수단

만주족의 지배 아래에 있던 한족 지식인들이 자신의 불만을 소설 창작을 통해 토로하고 해소하고자 했다.

2. 문언단편소설

1) 『요재지이聊齋志異』: 총 12권 491편.

(1) 작자 : 포송령蒲松齡. 자는 유선留仙.

(2) 판본 : 통행본은 16권본으로 431편이 수록되어 있으나, 장우학張友鶴의 회교회주회평본會校會注會評本(1962년 중화서국 출판)은 12권에 491편이 수록되었다.

(3) 내용 : 대부분 화요花妖 · 호매狐魅 · 귀신 등을 빌려 당시의 사회현실을 예술적인 수법으로 반영하고 자신의 '고분孤憤'을 기탁했다.

(4) 특징 : 당대 전기傳奇의 수법을 차용하여 탄탄한 구성력, 풍부한 상상력, 정련된 언어, 치밀한 묘사, 뛰어난 창작성으로 중국 문언단편소설의 최고봉에 올랐다.

2) 『열미초당필기閱微草堂筆記』 : 총 24권 1,100여 편.

(1) 작자 : 기윤紀昀. 자는 효람曉嵐.

(2) 내용 : 대부분 귀신 · 풍속 · 시문詩文 · 전고典故 · 서화 등에 관한 괴이한 고사가 주류를 이룬다.

(3) 특징 : 당대 전기의 화려함을 반대하고 육조 지괴의 질박함을 추구하여 문장이 담백하고 청신하지만, 예술성은 『요재지이』에 뒤떨어진다.

3) 기타

원매袁枚의 『신제해新齊諧』(일명 『자불어子不語』), 심기봉沈起鳳의 『해탁諧鐸』, 호가자浩歌子의 『형창이초螢窓異草』 등이 있다.

3. 백화장편소설

1) 풍자소설

(1) 『유림외사儒林外史』 : 통행본은 56회.

① 작자 : 오경재吳敬梓. 자는 민헌敏軒.

② 판본 : 원본은 55회본이나 이후 50회·56회·60회본이 유행했다.

③ 내용 : 과거제도의 폐단과 부패를 폭로하는 내용을 중심으로, 봉건 사대부들의 추악한 면모와 당시인들의 악습을 풍자했다.

④ 특징 : 중국 고대 풍자예술의 전통을 계승하여 중국문학사상 가장 뛰어난 장편풍자소설을 이루었다. 생동감 넘치는 인물 묘사와 통속적인 북방 구어의 운용이 뛰어나다. 소설 전체가 단편 일화들로 엮어지고 전체적으로 중심인물이나 통일된 줄거리가 없는 독특한 구성을 갖추고 있다.

⑤ 영향 : 청말 견책소설에 영향을 미쳤다.

2) 인정소설

(1) 『홍루몽紅樓夢』 : 원명은 『석두기石頭記』이고, 『정승록情僧錄』·『풍월보감風月寶鑑』·『금릉십이차金陵十二釵』·『금옥연金玉緣』 등의 별칭이 있다. 통행본은 120회다.

① 작자 : 앞 80회는 조점曹霑(호는 설근雪芹)의 작이고, 뒤 40회는 고악高鶚의 속작이라는 설이 유력하다.

② 판본 : 크게 지연재중평본脂硯齋重評本(지본脂本)과 비지본非脂本으로 나뉘는데, 지본은 80회본으로 조설근의 원본에 가깝고 비지본은 대부분 120회본으로 정갑본程甲本과 정을본程乙本이 있다.

③ 내용 : 봉건 대지주 집안인 가부賈府의 몰락과정을 통해 주인공 가보옥賈寶玉과 그를 둘러싼 금릉십이차金陵十二釵의 사랑과 비극을 묘사했다.

④ 특징 : 개성 있는 인물묘사를 통해 불후의 인물전형을 창조하

고, 일상생활에 대한 세심한 관찰과 경험에서 우러난 사실적인 묘사를 했으며, 심리묘사를 통해 인물의 정신세계를 드러내는 데 뛰어나고, 수많은 인물과 사건을 유기적으로 안배하여 전체적인 구성력이 탁월하며, 등장인물에 걸맞은 정확하고 세련되고 생동감 넘치는 언어를 구사하여 중국고전소설사상 언어예술의 최고 경지에 올랐다.

⑤ 영향 : 『홍루몽』이 대대적으로 유행하자 『홍루몽보補』·『후홍루몽』·『속홍루몽』·『홍루환幻몽』·『홍루중重몽』 등의 속작이 나왔으며, 『홍루몽』을 전문적으로 연구하는 '홍학紅學'이 형성되었다.

3) 재학소설才學小說

(1) 『경화연鏡花緣』 : 100회.

① 작자 : 이여진李汝珍. 자는 송석松石.

② 내용 : 천계에서 쫓겨난 화신花神들이 인간계로 내려와 100명의 재녀才女가 되어 기예를 자랑하는 내용으로, 중간에 기이한 환상이 많이 삽입되어 있다.

③ 특징 : 풍부한 환상과 해학 및 박학을 이용하여 불평등한 부녀문제와 사회의 폐단을 비판함으로써 자못 독특한 견해와 이상이 담겨 있으나, 지나치게 현학적인 묘사는 다소 번잡한 느낌을 준다.

(2) 기타 : 하경거夏敬渠의 『야수폭언野叟曝言』(20권 154회), 진구陳球의 『연산외사燕山外史』(8권) 등이 있다.

4) 화류소설

(1) 『품화보감品花寶鑑』 : 60회.

① 작자 : 진삼陳森.

② 내용 : 북경의 배우와 기녀들에 관한 이야기를 기록했다.

③ 특징 : 화류계의 실제인물을 모델로 한 본격적인 장편소설로, 동성연애 등 외설적인 묘사가 들어 있다.

(2) 기타 : 위수인魏秀仁의 『화월흔花月痕』(16권 52회), 유달兪達의 『청루몽青樓夢』(64회), 한방경韓邦慶의 『해상화열전海上花列傳』(64회) 등이 있다.

5) 협의공안소설

(1) 『아녀영웅전兒女英雄傳』 : 원래는 53회지만, 통행본은 40회다.

① 작자 : 문강文康. 자는 철선鐵仙.

② 내용 : 여자 협객 십삼매十三妹가 부친의 원수를 갚고 은인 안기安驥와 행복하게 살아간다는 이야기다.

③ 특징 : 재자가인소설에 무용담을 삽입한 형태로서, 순수한 북경어로 썼기 때문에 방언연구에 좋은 자료가 된다.

(2) 기타 : 석옥곤石玉崑의 『삼협오의三俠五義』(120회. 나중에 유월兪樾이 수정하여 『칠협오의七俠五義』로 개칭함), 작자 미상의 『시공안기문施公案奇聞』(97회), 탐몽도인貪夢道人의 『팽공안彭公案』 등이 있다.

4. 청말소설

1) 흥성원인

아영阿英의 『만청소설사晩淸小說史』에서 언급했다.

(1) 인쇄술과 신문의 발달로 책 출판이 쉬어졌고 소설의 수요가 급증했다.

(2) 서구사상의 영향을 받은 지식인들이 소설의 사회적 중요성을 인

식했다.

(3) 지식인들이 소설을 이용하여 외세에 굴복하고 부패에 찌든 조정을 비판하고 사회개혁과 애국사상을 고취시켰다.

2) 소설잡지와 소설에 관한 논문의 등장

(1) 소설잡지 : 양계초梁啓超의 『신소설』(1902)을 필두로 이보가李寶嘉의 『수상소설繡像小說』(1903), 오옥요吳沃堯의 『월월소설月月小說』(1906), 증박曾樸의 『소설림小說林』(1907) 등 전문적인 소설잡지가 대량으로 발행되었다.

(2) 소설논문 : 양계초의 「소설과 정치의 관계를 논함(論小說與群治之關係)」을 비롯하여 소설의 사회적 중요성을 역설한 논문들이 많이 발표되었다.

3) 견책소설譴責小說

(1) 명칭의 유래 : 노신魯迅의 『중국소설사략』에서 비롯되었다.

(2) 내용 : 주로 관계官界의 부정과 부패를 폭로했다.

(3) 구성 : 대부분 『유림외사』처럼 여러 일화를 연결하는 형식을 취했다.

(4) 4대 견책소설 : 이보가李寶嘉(자는 백원伯元)의 『관장현형기官場現形記』(60회), 오옥요吳沃堯(자는 견인趼人)의 『이십년목도지괴현상二十年目睹之怪現狀』(108회), 유악劉鶚(자는 철운鐵雲)의 『노잔유기老殘遊記』(20회), 증박曾樸(자는 맹박孟樸)의 『얼해화孽海花』(20회).

(5) 평가 : 이러한 작품들은 일종의 시대적인 임무를 띠고 있었기 때문에 주제표현은 매우 분명하지만, 『유림외사』와 같은 냉정한 풍자가 부족하며 언사가 노골적이어서 문학성이 다소 떨어진다.

4) 정치소설

(1) 내용 : 주로 서양 근대사상의 본질을 이해하고, 봉건사회의 병폐를 파헤치며, 혁명의 이상을 고무시키는 내용이 많다.

(2) 주요 작품 : 양계초의 『신중국미래기新中國未來記』, 진단여사震旦女士의 『자유결혼』, 진천화陳天華의 『사자후獅子喉』 등이 있다.

5) 번역소설

(1) 역자 : 임서林紓가 대표인물이다. 그는 유창한 고문으로 외국의 대표적인 소설을 번역했다.

(2) 역서 : 프랑스 뒤마 피스A. dumas fils의 『춘희椿姬, La Dame aux Camélias』를 번역한 『파려차화녀유사巴黎茶花女遺事』(1899. 중국 최초의 번역소설), 미국 마담 스토우Mdm. Stowe의 『톰 아저씨의 오두막Uncle Tom's Cabin』을 번역한 『흑노유천록黑奴籲天錄』, 영국 월터 스코트W. Scott의 『아이반호Ivanhoe』를 번역한 『살극손겁후영웅략撒克遜劫後英雄略』 등 150여 종의 소설을 번역했다.

(3) 영향 : 노신을 비롯한 당시의 많은 문인들이 그의 번역소설을 탐독하여 중국 신문학에도 영향을 미쳤다.

6) 기타

상업소설·흑막소설·무협소설·탐정소설 등도 유행했다.

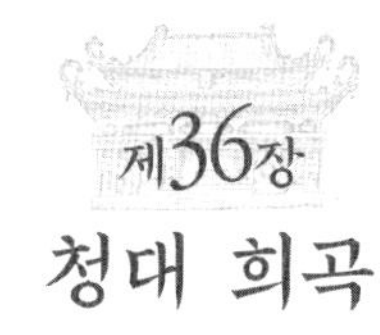

제36장 청대 희곡

1. 개황

1) 전통 희곡의 쇠퇴

청대는 고증학의 학술기풍 아래 문인들이 사장詞章·경학經學·훈고訓詁 등을 숭상하고 희곡을 천시함으로써, 전반적으로 희곡의 발전이 쇠퇴 또는 의고적인 수준에 머물게 되었다.

2) 지방희의 흥성

청대 중엽 이후에는 토속조의 지방희가 흥성하여 민간연예의 하나로 자리 잡으면서 청대 희곡의 새로운 국면을 개척했다.

2. 전기傳奇

1) 특징

(1) 명대 전기를 이어 받아 실질적으로 청대 중엽까지 전통 희곡의 중심이 되었다.

(2) 엄밀한 구성, 풍부한 정감, 전아한 언어, 치밀한 곡률 등으로 문학작품으로서는 우수하지만 무대예술로서는 결함이 있다.

2) 주요 작가와 작품

(1) 이어李漁 : 자는 입옹笠翁. 청대 최고의 곡론가이자 극작가다.

① 주장 : 그는 『한정우기閑情偶寄』에서 연출·구성·곡사·곡률·

빈백賓白·무대설치 등 희곡 전반에 걸쳐 체계적인 이론을 전개했다. 희곡문학의 가치를 인식하고 무대효과와의 결합을 중시하고, 형식주의를 탈피하고 낭만적인 내용을 잘 표현했으며, 가벼운 조소와 해학을 삽입하여 희곡의 풍치를 농후하게 드러냈다. 빈백을 중시하고, 알기 쉽고 통속적인 곡사를 사용했으며, 모방과 전고를 피하고 수사도 중시하지 않았다.

② 작품 : 입옹십종곡笠翁十種曲 중『내하천奈何天』이 유명하다.

(2) 홍승洪昇 : 자는 방사昉思. 대표작은『장생전長生殿』이다.

＊『장생전』: 50척.

① 내용 : 당 현종과 양귀비의 애달픈 애정고사를 그렸다.

② 예술성취 : 극정劇情이 생동감 넘치고, 성격묘사가 탁월하며, 구성이 치밀하고, 무대연출의 실제효과를 고려했으며, 곡사가 정련되었다.

(3) 공상임孔尙任 : 자는 계중季重. 홍승과 함께 '남홍북공南洪北孔'이라 불렸다. 대표작은『도화선桃花扇』이다.

＊『도화선』: 44척.

① 내용 : 명말 문인 공자 후방역侯方域과 명기 이향군李香君의 파란만장한 애정고사를 배경으로, 명말의 어지러운 사회상과 조정의 부패를 묘사했다. "이별과 만남의 정을 빌려 흥망의 감회를 그려냈다(借離合之情, 寫興亡之感.)"

② 예술성취 : 애정극이자 역사극으로서 주제표현이 명확하고, 역사적 사실과 예술적 진실의 수준 높은 결합을 이루었으며, 세련된 곡사에 분명한 뜻을 실어 언어운용이 뛰어나다.

(4) 장사전蔣士銓 : 자는 심여心餘. 대표작은 탕현조湯顯祖의 생애를 극화한『임천몽臨川夢』이다.

3. 잡극

1) 특징

(1) 전기의 위세에 눌려 명대와 마찬가지로 쇠퇴의 길을 걸었다.

(2) 문인들의 회포와 정한情恨을 묘사하기에 용이한 1절折로 된 단극이 감상을 위한 문학작품으로서 자못 유행했다.

2) 주요 작가와 작품

(1) 오위업吳偉業 : 대표작은 망국의 한을 묘사한 『임춘각臨春閣』이다.

(2) 우동尤侗 : 대표작은 굴원屈原의 입을 통해 자신의 울분을 토로한 『독이소讀離騷』다.

(3) 장사전 : 대표작은 백거이白居易의 「비파행琵琶行」을 극화한 『사현추四絃秋』다.

(4) 양조관楊潮觀 : 대표적인 단극 작가로서 32종의 단극을 지었다.

4. 지방희

1) 대두 시기 : 청대 중엽 건륭乾隆 연간(1736~1795).

2) 명칭

전통 희곡인 곤곡崑曲을 지칭하는 '아부雅部'에 대해 새롭게 유행하기 시작한 토속조의 지방희를 '화부花部' 또는 '난탄亂彈'이라 불렀다.

3) 종류

익양강弋陽腔·한조漢調·경조京調·휘조徽調·천조川調·이황조二黃調·서피조西皮調·방자강梆子腔·나라강羅羅腔 등이 있었다.

4) 발전

일부 강조는 소멸되거나 또는 흡수 통합되어 새롭게 변모하기도 했지만, 여전히 독립성을 유지한 채 발전하여 지금까지 주요 지방극으로 상연되고 있다.

5. 경극의 형성

1) 형성 배경

호북湖北 지방의 황강黃岡·황피黃陂에서 발생한 이황조와 감숙甘肅 지방에서 발생한 서피조가 융합된 피황皮黃이 건륭 연간 말에 4대휘반四大徽班에 의해 북경으로 도입된 후, 여러 강조의 장점을 흡수하고 발전시켜 북경의 극단을 제압했다.

2) 경극의 비조

정장경程長庚. 그는 동료들과 함께 피황을 바탕으로 곤곡의 장점도 흡수하여 경극을 완성시켰다.

3) 특징

(1) 곡사는 전기나 잡극만 못하지만 희곡의 본질상 진보했다.
(2) 척수나 절수의 제한을 받지 않고 장단이 자유롭다.
(3) 무대배경·음악·강조腔調 등의 구성이 비교적 복잡하여 곤곡처럼 단조롭지 않다.
(4) 고사는 대부분 고극古劇에서 취했지만 언어가 통속적이고 민중심리에 적합하여 무대연출 효과가 높다.

4) 구성요소

창唱(노래), 념念(대화), 주做(동작), 타打(무예).

5) 영향 : 중국 희곡의 대표적인 존재로서 지금까지 상연되고 있다.

제37장
청대 시

1. 전기의 시

1) 종당파宗唐派

(1) 주창자 : 오위업吳偉業. 초당사걸의 격률에 근거를 두고 백거이白居易의 시법詩法을 본받아 종당파의 선구가 되었다.

(2) 특징 : 당시를 표준으로 삼아 그 웅혼한 시풍을 추구했다.

(3) 주요 인물과 시론

① 왕사정王士禎의 신운설神韻說 : 당대 사공도司空圖의 『이십사시품二十四詩品』과 송대 엄우嚴羽의 『창랑시화滄浪詩話』의 이론을 계승한 것으로, 인위적인 수식이나 논리를 반대하고 자연스럽고 청신한 신정神情과 운미韻味를 추구하여 시와 선禪의 일치를 주장했다. 그러나 지나친 '언외지미言外之味'의 추구로 내용이 공소해지는 결점이 있다.

② 심덕잠沈德潛의 격조설格調說 : 사상표현의 양식인 '격률格律'과 언어적인 음조인 '성조聲調'를 중시한 것으로, 시의 형식적·외면적인 요소, 즉 작시법상의 기교를 논했다. 그러나 시정詩情의 다양성이 부족하고 도학자적인 색채가 농후하다는 비판을 받았다.

③ 원매袁枚의 성령설性靈說 : 명대 공안파公安派의 낭만주의 이론을 계승한 것으로, 기성의 격률에 구애받지 않고 작자의 솔직한 정감과 개성을 꾸밈없이 표현할 것을 주장했다. 그러

나 그의 시는 당시 천박하다는 비판을 받았다.

④ 옹방강翁方綱의 기리설肌理說 : 신운설의 공소한 결점을 보완하기 위해 학문의 배양을 바탕으로 한 개성적인 시리詩理를 주장했다.

2) 종송파宗宋派

(1) 주창자 : 전겸익錢謙益. 송대 소식蘇軾·육유陸游와 원대 원호문元好問의 시를 추숭하여 종송파의 선구가 되었다.

(2) 특징 : 송시를 표준으로 삼아 치밀하고 섬세한 풍격을 추구했다.

(3) 주요 인물 : 송락宋犖·사신행査信行·여악厲鶚 등이 있다.

* 여악 : 『송시기사宋詩紀事』 100권을 지어 송시를 연구했다.

3. 후기의 시

1) 사회파

공자진龔自珍이 대표인물이다. 그는 창작을 통해 현실주의 비판정신과 낭만주의 표현수법의 결합을 시도한 작가로, 시가의 사회적 작용을 중시하여 폭넓은 사회생활을 시에 반영할 것을 주장하고, 작자의 개성표현을 중시하여 장자莊子·굴원屈原·이백李白의 낭만주의 전통을 높이 평가했다.

2) 의고파

왕개운王闓運이 대표인물이다. 한·위·육조로부터 소급하여 『시경』과 『초사』에 이르는 고체시에 관심을 두고 의고적인 작품을 창작했다.

3) 강서파

진립삼陳立三·진연陳衍을 대표로 한 동광체同光體(동치同治·광서光緒

연간의 시체詩體) 시인들이 중심이 되어 청말에 송시 존중의 기풍을 다시 일으켰다. 그들은 송시 중에서도 소식과 황정견의 시를 숭상하여 '강서파'라고 불렸다.

4) 혁신파

(1) 주요 인물 : 황준헌黃遵憲 · 양계초梁啓超 · 담사동譚嗣同 등.

(2) 황준헌의 시계혁명詩界革命

① 주장 : 전통 시단의 의고주의에 반대하고 "내 손으로 내 입에서 나오는 말을 써야 한다(我手寫我口)"고 주장했다. 시에 현실생활과 투쟁을 반영할 것을 주장하여 시가 창작의 현실주의 정신을 제창하고, 표현상 전대의 우수한 예술전통을 이용하여 다양한 변화를 추구했으며, 옛 격조에 속어 · 신언어 · 신사상을 주입하여 조화를 추구했다. "옛 풍격에 새로운 의경을 담아낸다.(舊風格含新意境.)"

② 한계 : 중국 전통시의 골격을 완전히 혁신하지는 못하고 개량주의적인 수준에 머물렀다.

청대 사

1. 개황

1) 기타 정통문학과 마찬가지로 고증학의 기풍 아래 복고적인 성향을 띠었다.
2) 송대의 사와는 달리 음악과 분리된 일종의 문학양식으로 사보詞譜에 따라 사를 짓는 '전사塡詞'의 형식이었다.
3) 사의 부흥시기로서 사의 창작은 물론이고 사학詞學의 연구와 사집詞集의 정리·간행에 모두 뛰어난 성취를 이루었다.

2. 전기의 사

1) 청초의 사인
   (1) 대표작가 : 납란성덕納蘭性德·왕사정王士禎·모기령毛奇齡 등.
      * 납란성덕 : 원명은 성덕成德, 자는 용약容若. 소령小令에 뛰어났으며, 변새지방의 풍경과 처량한 비애감을 잘 표현했다. 사집으로 『음수사飮水詞』(원명은 『측모사側帽詞』)가 있다.
   (2) 사풍 : 명말의 유풍을 계승하여 처완悽婉하고 유미柔媚하다.

2) 절서파浙西派
   (1) 명칭의 유래 : 공상린龔翔麟의 『절서육가사浙西六家詞』에서 비롯되었다.

(2) 대표작가 : 주이존朱彝尊을 중심으로 한 절서육가(주이존·공상린·이양년李良年·이부李符·심호일沈皥日·심안등沈岸登).

* 주이존 : 자는 석창錫鬯. 사집으로 『강호재주집江湖載酒集』과 『정지거금취靜志居琴趣』 등이 있다.

(3) 주장 : 남송의 강기姜夔·장염張炎 등의 사를 모범으로 삼아 청려하고 아정한 사풍과 사율을 중시했다.

3) 양선파陽羨派

(1) 대표작가 : 진유숭陳維崧을 중심으로 한 조정길曹貞吉·만수萬樹·오기吳綺 등.

* 진유숭 : 호는 가릉迦陵. 장조長調에 뛰어났다. 사집으로 『가릉사迦陵詞』가 있다.

(2) 주장 : 소식蘇軾과 신기질辛棄疾의 사를 본받아 재기才氣를 존중하고 개성적이고 호방한 사풍을 중시했다.

4) 상주파常州派

(1) 대표작가 : 장혜언張惠言을 중심으로 한 주제周濟·장기張琦·운경惲敬·전계중錢季重 등.

* 장혜언 : 자는 고문皐文. 사집으로 『명가사茗柯詞』가 있다.

(2) 주장 : 북송 주방언周邦彦의 심미굉약深美閎約한 사풍을 본받아 공연한 조탁을 배격하고 『시경』과 『초사』에서처럼 함축된 의미와 은유적인 표현을 중시했다.

3. 후기의 사

1) 주요작가

장춘림蔣春霖·왕붕운王鵬運·정문작鄭文焯·황주이況周頤·주조모朱祖

謀・왕국유王國維 등.

* 장춘림 : 자는 녹담鹿潭. 청말의 어지러운 시대를 근심하고 민생의 고통을 반영한 작품을 많이 창작하여 '사사詞史'로 일컬어지며, 침울한 풍격과 내용 및 성률에 모두 특색이 있어서 청대 사단의 주요 인물 가운데 하나다. 사집으로 『수운루사水雲樓詞』가 있다.

2) 사풍

대부분 상주파의 여류餘流지만 기존의 작법과 이론에 집착하지 않고 개성적인 작품을 창작하여 특색을 갖추었다.

4. 주요 사학詞學 저작

1) 사선집

(1) 주이존의 『사종詞綜』 : 당・오대・송・금・원의 사인 500여 명의 작품을 선집하고 자신의 사론을 피력하여 절서파의 종지를 밝혔다.

(2) 장혜언의 『사선詞選』 : 당・송의 사인 44명의 작품을 선집하여 상주파의 표본으로 삼았다.

(3) 주제의 『송사가사선宋四家詞選』 : 주방언・신기질・오문영吳文英・왕기손王沂孫의 작품을 선집하여 상주파의 사통詞統을 밝혔다.

(4) 주조모의 『강촌총서彊邨叢書』 : 송・원의 사인 170여 명의 사집을 교감했다.

2) 사화詞話

(1) 진정작陳廷焯의 『백우재사화白雨齋詞話』 : 총 8권 696조. 상주파 후기 사론의 중요저작으로, 장혜언의 사론을 발전시켜 '온후溫厚'・'침울沈鬱'을 최고의 경계로 삼았다.

(2) 황주이의 『혜풍사화蕙風詞話』 : 총 5권. 상주파 후기 사론의 중요 저작으로, 창작상 '사심詞心'의 발로를 중시하고, 사풍상 '중重(침중함)', '졸拙(질박함)', '대大(웅대함)'를 추구했다.

(3) 왕국유의 『인간사화人間詞話』 : 총 112조. 서구의 미학 관점을 운용하여 사를 평론한 것으로, 그의 문예미학 사상이 잘 반영되어 있다. 그는 '경계설境界說'을 내세워 정경情景의 융합, '조경造境'과 '사경寫境'의 문제, '유아지경'과 '무아지경'의 구별, '격隔'과 '불격不隔'의 문제 등을 제기했다.

3) 사율詞律 및 사보詞譜

강희제康熙帝의 칙명으로 편찬된 『흠정사보欽定詞譜』, 만수萬樹의 『사율詞律』, 과재戈載의 『사림정운詞林正韻』 등이 있다.

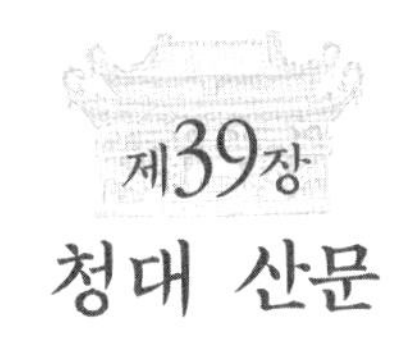

제39장 청대 산문

1. 고문파

1) 청초의 고문

(1) 3유로三遺老

① 작가 : 고염무顧炎武(『일지록日知錄』·『정림시문집亭林詩文集』), 황종희黃宗義(『남뢰문정南雷文定』), 왕부지王夫之(『강재시문집薑齋詩文集』).

② 특징 : 명도明道와 재도載道에 바탕을 둔 경세치용의 학문을 주장하여, 명대의 의고주의나 공안파·경릉파의 낭만주의적인 문장을 배격하고 자연스럽고 유창한 문장을 추구했다.

(2) 3대가

① 작가 : 후방역侯方域(『장해당문집壯海堂文集』), 위희魏禧(『위숙자문집魏叔子文集』), 왕완汪琓(『둔옹류고鈍翁類稿』).

② 특징 : 명말의 경박한 문풍을 배격하고 한유·구양수의 문장을 모범으로 삼아 평담하고 질박한 문장을 추구했다.

2) 청 중엽의 고문

(1) 동성파桐城派

① 명칭의 유래 : 중심인물들이 모두 안휘성安徽省 동성현桐城縣 출신인 데서 비롯되었다.

② 중심인물 : 방포方苞(『망계문집望溪文集』), 유대괴劉大櫆(『해봉문집海峰文集』), 요내姚鼐(『석포헌문집惜抱軒文集』), 증국번曾國

藩(『증문정공집曾文正公集』).

* 방포의 문장론 : 문장과 도道, 문인과 성인의 일체화를 꾀하고, '의義'(유교의 도의로서 『춘추』의 의를 바탕으로 함)와 '법法'(『춘추』의 포폄의 필법을 체득한 뒤 『좌전』·『사기』 및 당송팔대가의 고문법을 종지로 삼음)의 구비를 주장했다. 고문과 순문학인 시·사·부를 엄격히 구분하고, 속문학인 소설·희곡 등을 경시했다. 문장의 최고 규범을 육경六經과 『논어』·『맹자』, 『좌전』·『사기』, 당송팔대가, 명대 귀유광歸有光의 순으로 규정했으며, 전아하고 순정醇正한 문장 표현을 추구했다.
* 유대괴의 문장론 : 방포의 의법설義法說에 '신기神氣'(작자의 정신)와 '음절音節'(문자의 음조)을 보충하여 문장의 문학적인 미를 추구했다.
* 요내의 문장론 : 한대 훈고학과 송대 성리학의 겸비를 이상으로 삼고, '의리'·'고증'·'문장'의 삼위일체를 추구했다. 유대괴의 '신기'를 보충하여 '신리기미神理氣味'(문장의 내용과 정신)를 주장하고, '음절'을 확충하여 '격률성색格律聲色'(문장의 수사와 형식)을 주장했다. 진·한으로부터 방포·유대괴에 이르기까지 각 가의 고문을 엄선·분류하고 문체에 대해 간략한 해설을 첨부한 『고문사류찬古文辭類纂』을 편찬했다.
* 증국번의 문장론 : 기본적으로 방포와 요내의 설을 계승했지만 그들의 결점을 보완하려고 했다. 요내의 『고문사류찬』의 고문 선정범위가 좁은 것을 보완하기 위해 경·사·자서의 문장도 가려 뽑아 『경사백가잡초經史百家雜鈔』를 편집함으로써 동성파의 주장을 확대시켰다.

③ 장단점 : 실제의 강구, 논리의 중시, 질박한 문풍의 창조 등은

장점이지만, 지나치게 '의법'에 매달려 결과적으로 팔고문八股文을 조장한 것은 단점으로 지적된다.

④ 영향 : 동성파의 문풍은 당시의 학술과 결합하여 청말까지 산문계에 막대한 영향력을 행사했다.

(2) 양호파陽湖派

① 명칭의 유래 : 중심인물들이 모두 강소성江蘇省 양호현陽湖縣 출신인 데서 비롯되었다.

② 중심인물 : 운경惲敬(『대운산방문고大雲山房文稿』), 장혜언張惠言(『명가문집茗柯文集』).

③ 특징 : 동성파의 방계傍系로서 육경과 당송팔대가문 외에 제자諸子·사가史家·잡가雜家의 문장도 취했기 때문에, 아정하기만 한 방포나 요내의 문장과는 달리 문장의 기세가 호방하고 표현이 심후하다.

3) 청말의 고문

(1) 책사파策士派

① 대표인물 : 공자진龔自珍·위원魏源 등.

② 특징 : 동성파와 관계없이 독자적인 문체로 우수한 산문을 창작했다.

(2) 통속파通俗派

① 대표인물 : 양계초梁啓超 등.

② 특징 : 청말에 신문과 잡지가 대량으로 발행되자, 평이하고 통속적인 문장을 기고하여 새로운 산문의 기풍을 조성했다.

2. 변문파

1) 청초의 변문

진유숭陳維崧을 필두로 오기吳綺 등이 활약했다.

2) 청 중엽의 변문

이른바 변문팔대가駢文八大家(홍량길洪亮吉 · 공광삼孔廣森 · 원매袁枚 · 소제도邵齊燾 · 유성위劉星煒 · 오석기吳錫麒 · 손성연孫星衍 · 증욱曾燠)가 나와 변문이 고문과 맞설 만큼 크게 유행했다.

3) 청말의 변문

대표인물은 완원阮元. 그는 '문필론文筆論'을 제창하여 운韻이 있는 문장 즉 변려문(文)과 실용적인 문장(筆)을 구별했으며, 육경이나 『사기』와 같은 문장은 문학으로서의 문장이 아니고 변려문이야말로 진정한 문학이라고 주장했다.

제40장
청대 민간문학

1. 도정道情

1) 정의

원래 민간에서 유행한 산곡 계통의 가요를 말한다.

2) 명칭

대부분 한적함과 안빈낙도의 내용과 말이 들어 있기 때문에 '도정'이란 명칭이 붙었다.

3) 주요작가

(1) 정섭鄭燮 : 호는 판교板橋. 문장이 참신하고 의경이 담백하여 청신한 정취가 있다.

(2) 서대춘徐大春 : 호는 회계洄溪. 창조성을 발휘하여 도정의 내용과 형식을 확충시킴으로써 일종의 새로운 운문 체재를 이루었으며, 또한 민요의 정취를 살려 표현이 통속적이고 생동감이 넘친다. 도정집으로 『회계도정洄溪道情』이 있다.

2. 민가

1) 종류

(1) 시조소곡時調小曲 : 속곡俗曲으로, 주로 도시의 기루妓樓·찻집 등에서 유행한 시민계층의 노래다. 민가 중 수량이 가장 많다.

(2) 월가粵歌 : 동남 지방의 민가로서 농촌의 순박한 민중의 노래다.

(3) 사천산가四川山歌 : 서남 지방의 민가다.

2) 체재

짧은 것은 산곡 중의 소령小令과 비슷하고, 긴 것은 투곡套曲과 비슷하며, 대화를 삽입한 것은 희곡과 비슷하다.

3) 민가집

『예상속보霓裳續譜』·『월풍粵風』·『심양시고潯陽詩稿』 등이 있다.

4) 내용

남녀의 애정을 노래한 것이 대부분이며 사회현실을 반영한 것도 있다.

3. 탄사彈詞

1) 내원

당송대의 강창문학으로부터 발전된 것이다.

2) 유행지역

주로 소주蘇州·남경南京·항주杭州 등 상업이 발달한 남부 도시에서 유행했다.

3) 반주악기

삼현三玄을 위주로 비파와 양금 등이 사용되었다.

4) 형식

운문과 산문을 혼용했다. 창사唱詞는 7언의 운문이 기본이며, 강백講白은 일반 소설의 서술과 비슷하다.

5) 특징

표준어로 된 국음國音 탄사와 방언으로 된 토음土音 탄사가 있다. 단편은 4~8책, 중편은 약 10책, 장편은 30책 이상으로 되어 있어서 장단이 일정하지 않다. 내용은 재자가인의 애정담이 대부분이고, 작자와 감상층이 대부분 여성이다.

6) 주요 작품

『재생연再生緣』·『천우화天雨花』·『진주탑珍珠塔』·『의요전義妖傳』 등이 있다.

4. 고사鼓詞

1) 내원

탄사와 마찬가지로 송대의 도진陶眞과 원대의 사화詞話에서 발전된 것이다.

2) 유행지역

주로 북방 지역에서 유행했다.

3) 반주악기

삼현과 북으로 반주한다.

4) 형식

운문과 산문을 혼용하는데 운문은 7언이 기본이다. 청대 중엽 이후에는 장편의 고사 가운데서 정채로운 부분만을 골라 강창하는 '적창摘唱'이 유행했다.

5) 내용

전쟁과 국가의 흥망에 관한 것이 대부분이다.

6) 주요 작품

『삼국지』·『수호전』·『서유기』·『봉신연의』 등의 장편소설과 『서상기』·『백토기白兎記』 등의 잡극과 전기를 개편한 것이 대부분이다.

찾아보기

ㅂ

ㅇ

| 지은이 소개 |

김장환 | jhk2294@yonsei.ac.kr

연세대학교 중어중문학과 교수로 재직 중이다. 연세대학교 중문과를 졸업한 뒤 서울대학교에서 「세설신어연구世說新語硏究」로 석사학위를 받았고, 연세대학교에서 「위진남북조지인소설연구魏晉南北朝志人小說硏究」로 박사학위를 받았다. 강원대학교 중문과 교수, 미국 Harvard-Yenching Institute의 Visiting Scholar(2004~2005), 같은 대학교 Fairbank Center for Chinese Studies의 Visiting Scholar(2011~2012)를 지냈다. 전공분야는 중국 문언소설과 필기문헌이다.

그동안 쓴 책으로는 『중국문학의 벼리』, 『중국문학의 향기』, 『중국문학의 숨결』, 『중국문언단편소설선』, 『유의경劉義慶과 세설신어世說新語』, 『위진세어집석연구魏晉世語輯釋硏究』, 『동아시아 이야기 보고의 탄생 - 태평광기』 등이 있고, 옮긴 책으로는 『중국연극사中國演劇史』, 『중국유서개설中國類書槪說』, 『중국역대필기中國歷代筆記』, 『세상의 참신한 이야기 - 세설신어』(전3권), 『세설신어보世說新語補』(전4권), 『세설신어성휘운분世說新語姓彙韻分』(전3권), 『태평광기太平廣記』(전21권), 『태평광기상절太平廣記詳節』(전8권), 『봉신연의封神演義』(전9권), 『당척언唐摭言』(전2권), 『열선전列仙傳』, 『서경잡기西京雜記』, 『고사전高士傳』, 『어림語林』, 『곽자郭子』, 『속설俗說』, 『담수談藪』, 『소설小說』, 『계안록啓顔錄』, 『신선전神仙傳』, 『옥호빙玉壺氷』, 『열이전列異傳』, 『제해기齊諧記/속제해기續齊諧記』, 『선험기宣驗記』, 『술이기述異記』, 『소림笑林/투기妬記』, 『고금주古今注』, 『중화고금주中華古今注』, 『원혼지寃魂志』, 『이원異苑』, 『원화기原化記』, 『위진세어魏晉世語』, 『조야첨재朝野僉載』(전2권), 『개원천보유사開元天寶遺事』, 『소씨문견록邵氏聞見錄』(전2권) 등이 있으며, 중국 문언소설과 필기문헌에 관한 여러 편의 연구논문이 있다.

중국문학사 핵심 정리

중국문학의 흐름

초판 1쇄 인쇄 2018년 4월 20일
초판 2쇄 발행 2022년 8월 16일

지 은 이 | 김장환
펴 낸 이 | 하운근
펴 낸 곳 | 學古房

주 소 | 경기도 고양시 덕양구 통일로 140 삼송테크노밸리 A동 B224
전 화 | (02)353-9908 편집부(02)356-9903
팩 스 | (02)6959-8234
홈페이지 | http://hakgobang.co.kr/
전자우편 | hakgobang@naver.com, hakgobang@chol.com
등록번호 | 제311-1994-000001호

ISBN 978-89-6071-748-0 93820

값 : 13,000원

이 도서의 국립중앙도서관 출판예정도서목록(CIP)은 서지정보유통지원시스템 홈페이지(http://seoji.nl.go.kr)와 국가자료공동목록시스템(http://www.nl.go.kr/kolisnet)에서 이용하실 수 있습니다. (CIP제어번호 : CIP2018012127)